**1+1工程**

1+1
GONG
CHENG
第一辑

# 银手链

庄　学

百花洲文艺出版社
BAIHUAZHOU LITERATURE AND ART PRESS

在的这块海礁上向远方望去，海的极远处也成了茫茫的一
蒙蒙的天色连成了一体。张崤此时的心情分不清是嫉妒，还
是恼怒？

丽谈了三年恋爱，卿卿我我了三年，A市有情趣的餐馆和
被他们转了个遍。云丽是那么的可爱，那么的美，如同一
肌的瓷器使人爱不释手。

毕业的那一年，云丽身边就常常出现一个叫康民的小

有了两个臭钱！张崤愤懑，心烧得厉害。
所研究员的张崤今天戴了一副窄边墨镜，西装外
色风衣，手上戴了软皮手套，打扮得很酷的样子
到这里，张崤稳定了情绪，问云丽：咱们就这
？问着就去拉云丽戴着红丝织手套的手，云丽
开了。张崤就轻声叹了口气。云丽对张崤轻
哥"，说：咱们是没有缘分啊。以后你就做
？云丽的一声"哥"，深深刺痛了张崤的心
具凝香玉脂般的风情无限的胴体有了别的
摸过耕耘过，就不由地有了把那精致的
碎的冲动。
终于将手伸进自
口袋，缓缓掏出
首饰盒，打开，
白锡纸袋
丽精巧的银
链在阳光
云丽心
擎着银
不语，
银手链
左手
有
看

**图书在版编目(CIP)数据**

银手链／庄学著.—南昌:百花洲文艺出版社,
2013.5(2018.12 重印)

(微阅读 1 + 1 工程)

ISBN 978 - 7 - 5500 - 0637 - 9

Ⅰ.①银… Ⅱ.①庄… Ⅲ.①小小说—小说集—中国
—当代 Ⅳ.①I247.8

中国版本图书馆 CIP 数据核字(2013)第 099402 号

# 银手链

庄　学　著

出　版　人:姚雪雪
组稿编辑:陈永林
责任编辑:赵　霞　黄　平
出　　　版:百花洲文艺出版社
发行单位:全国新华书店
印　　　刷:北京柯蓝博泰印务有限公司
开　　　本:700mm×960mm　1/16
印　　　张:12
版　　　次:2013 年 8 月第 1 版
印　　　次:2018 年 12 月第 3 次印刷
字　　　数:124 千字
书　　　号:ISBN 978 - 7 - 5500 - 0637 - 9
定　　　价:29.80 元

赣版权登字:05 - 2013 - 232

网址:http://www.bhzwy.com
图书若有印装错误,影响阅读,可向承印厂联系调换。

# 前　言

　　以"极短的篇幅包容极大的思想"，才能够以小胜大，经过读者的阅读，碰撞出思想的火花，震撼人的心灵。正因为这样，微型小说成为一种充满了幽默智慧、充满了空灵巧妙的独特文体。

　　如果说在二十一世纪的头一个十年，是互联网大大改变了我们的生活，那么在我们正在经历的第二个十年里，手机将更为巨大地改变我们的生活。如今，以智能手机为平台，正在构成一个巨大的阅读平台。一种新的阅读方式正不知不觉地走进大众的生活。一个新的名词就此产生，它便是"微阅读"。微阅读，是一种借短消息、网络和短文体生存的阅读方式。微阅读是阅读领域的快餐，口袋书、手机报、微博，都代表微阅读。等车时，习惯拿出手机看新闻；走路时，喜欢戴上耳机"听"小说；陪人逛街，看电子书打发等待的时间。如果有这些行为，那说明你已在不知不觉中成为"微阅读"的忠实执行者了。让我们对微型小说前景充满信心和期待的是，微型小说在微阅读的浪潮中担当着极为重要的"源头活水"。

　　肩负着繁荣中国微型小说创作、促进这一文体进一步健康发展的责任和使命，微型小说选刊杂志社推出了"微阅读1＋1工程"系列丛书。这套书由一百个当代中国微型小说作家的个人自选集组成，是微型小说选刊杂志社的一项以"打造文体，推出作家，奉献精品"为目的的微型小说重点工程。相信这套书的出版，对于促进微型小说文体的进一步推广和传播，对于激励微型小说作家的创作热情，对于微型小说这一文体与新媒体的进一步结合，将有着极为重要的作用和意义。

编者

2014 年 9 月

# 目　录

关于张和燕的一句俚语 ……………………………………… 1

阿辰这个人 …………………………………………………… 4

戴狗牌的庄庄 ………………………………………………… 7

私奔 …………………………………………………………… 9

竞争 …………………………………………………………… 11

数字，数字! ………………………………………………… 13

工作着是美丽的 ……………………………………………… 16

慢车比赛 ……………………………………………………… 18

学开车 ………………………………………………………… 20

伙计，一路走好! …………………………………………… 22

神鞭薛轶事 …………………………………………………… 25

嘀嘀和呜呜的爱情 …………………………………………… 28

恭喜咱们都成为狼 …………………………………………… 30

归零 …………………………………………………………… 32

圣安东尼奥唱起国际歌 ······················· 34

你是方羽吗？ ······························· 36

请你吃饭 ··································· 38

上门推销 ··································· 40

玩玩手机，及那端的男人 ····················· 43

我是个什么样的人？ ························· 46

大申和他的功章 ····························· 49

战友老马 ··································· 52

你知道吕不韦吗？ ··························· 55

十块银元 ··································· 58

天眼 ······································ 61

新囤积居奇 ································· 63

白事 ······································ 66

传说与梦想 ································· 69

一碗野菜清亮汤 ····························· 72

银手链 ··································· 74

贼龟 ······································ 77

1400 年前的梦呓 ··························· 80

恨与爱的距离有多远？ ····················· 83

妈妈，我对你说 ····························· 86

肖勇 ………………………………………………………… 88

相约 1998 ……………………………………………… 90

肖镇长的狗 ……………………………………………… 93

拍手大师小传 …………………………………………… 95

寻找我的手机 …………………………………………… 97

一首从唐朝发出来的诗句 …………………………… 99

有多少爱可以重来 …………………………………… 102

领导摇头又点头 ……………………………………… 105

汇报工作 ………………………………………………… 107

我来陪你说说话 ……………………………………… 109

E 时代的约会 ………………………………………… 111

敲诈 ……………………………………………………… 114

拍卖人生 ………………………………………………… 116

孬儿 ……………………………………………………… 119

愚人节不得不快乐! ………………………………… 122

我们是战友 ……………………………………………… 124

哦,云岭,云岭 ……………………………………… 127

不会大声说话的人 …………………………………… 130

打扫卫生 ………………………………………………… 133

触摸爸爸 ………………………………………………… 135

工作效率 ………………………………………………… 138

阳光打着我苍白的脸 ……………………………………………… 140

两个人的黄昏 ……………………………………………………… 143

追寻曲文丽 ………………………………………………………… 146

寻找庄庄 …………………………………………………………… 149

翟镇街往事三题 …………………………………………………… 152

流逝的痛苦 ………………………………………………………… 158

磊子 ………………………………………………………………… 160

如血浸淫的月牙形疤痕 …………………………………………… 162

我叫田栀毓 ………………………………………………………… 164

关于一场骗局 ……………………………………………………… 167

往事钩沉三题 ……………………………………………………… 170

街市人物笔记四则 ………………………………………………… 177

# 关于张和燕的一句俚语

　　晨曦中，张和燕走出馒头店的大门，昏黄的身影先他一步拖出来，大嘴朝天，冲着还是有点黑的天空打了个响亮的大喷嚏，东边的天际就被惊红了脸，一街两巷的卷帘门呼呼啦啦地次第响起。

　　张和燕在我们这个街市里也算是一个人物。说他是人物，完全在于他认真得与众不同。张和燕只是个馒头铺的杂工，至多算个面点师傅，还要时常开老板的面包车去拉面粉卸车，粉尘一罩，就成为白毛女，可他硬要把自己捯饬成干部、老板模样，至少也要充个白领什么的。在众人眼里，张和燕穿着也是普通的衣饰，大热的天也要穿短袖衬衣或者 T 恤，下面是条宽宽松松的大裤衩。不过，他与这条街市的许多人还是显得有区别。张和燕无论上面穿的啥，总是要规规正正地扎进裤腰，不仅仅是扎进裤腰，还要把衬衣或者 T 恤扎出的褶皱用手捋平了，把皱褶赶到腰身的两侧。如果是长袖衬衫，袖口的扣子一定要扣上，脖圈下的扣子也是要扣上的。这样看起来张和燕就一丝不苟，非常地不普通。

　　如果叫街市上的人说起来，张和燕与众不同的地方全在于认真得迂腐了。打个比方，别人倒车，看着后视镜或者伸着头就把车倒好了。张和燕呢，不！他要下车看看将要倒车的位置，还要用手比划一下，复杂的位置甚至还要在地上拾个石子画一路线图，弧线和箭头堪比施工设计图规范。街市上的人无论男女都毛搽过他或者劝告一两句，可是张和燕依然我行我素，迂腐着，幸福着。后半句是街市东边的豆腐西施说

1

的。豆腐西施还说过一句话，那是一句歇后语：张和燕哭儿——认真死了。

豆腐西施是高中生，有点文化，这句歇后语很快就风靡了全街市，成为街市热词。收税和收费地来了，几乎每个摊主店主都会说这句话，你可别"张和燕哭儿——认真死了"，潜台词是"张和燕迂腐，你可别那样啊，少个三块五块的就那样吧"。相互之间或者与顾客做进进出出的生意买卖，大家也都会说，张和燕都哭儿了，咱们也不能含糊呀！

引起街市轰动的是"馒头事件"，之所以称得起事件，说明这个事情给人们心灵上的震动很不一般。说起来这事的缘由是馒头店的陶老板，也是张和燕的远房外甥。陶老板看到生姜大蒜的价格噌噌地往上蹿，动起了馒头跟风涨价的念头，便去串联街市上那几家馒头店，人家却都不同意涨价，涨那几分几厘的，损人！陶老板想，价格不好动，我给馒头瘦身不也一样？张和燕是揉馒头的，每个馒头瘦多少全在他的手上功夫。给张和燕一说，张和燕不愿意了，说一个馒头就恁大，还能瘦多少呢？利润够着咱挣的就行了，何必去扣嗦那些买馒头的消费者呢。张和燕是每天看了那些买馒头的人摇头叹息的模样，心有戚戚。可是陶老板一意孤行，舅甥俩尿不到一个壶里，一句话不对付，张和燕就辞职不干了。他不干去哪儿干？自然有收留张和燕的地方，那就是赠给他歇后语的豆腐西施。豆腐西施说，来我这里吧，去跟师傅学做豆腐。豆腐西施果然因才施用，张和燕把做豆腐的每一道程序、比例都记得清清楚楚，做豆腐很是得心应手，硬是把豆腐做成豆腐西施的肌肤样，粉嫩嫩的，吹弹得破。豆腐西施与张和燕一个店前顾盼，一个店后殷勤，相得益彰，生意很是红火。还不仅仅是这些。张和燕为豆腐西施设计了一个精密实用的发展三部曲，使得豆腐店扩充成为销售、饮食的一条龙豆制品服务点。

后来，陶老板的馒头店顾客越来越少，几近倒闭。后来，非要说个后来的话，那就是张和燕成为豆腐西施的张郎。街市上很多人都在猜测和幻想张和燕在床上认真劲儿，是不是也要画个线路图设计个程序什么的，想破了脑袋也没想起来啥样。摆结婚酒的那天，豆腐西施和她的张郎遍撒喜帖，陶老板也去了，自称为媒，说不是我的馒头店转进（嘿嘿，几近倒闭非要说成转进），俺舅能成为"蟑螂"么?! 众人大笑，张和燕认真地脸红了。

# 阿辰这个人

洛阳城里经常看到阿辰忙碌的身姿，或者这样说，阿辰经常在洛阳的大街小巷里转悠。由于身材颀长，时不时地阿辰把自己忙成了烤熟的大虾。阿辰随性，所以阿辰的生活很丰富，丰富得三教九流都摸了个遍。爸妈常说他老大不小的人了，拿起哪一出就唱哪一出。

四月好花，阿辰玩起了摄影，用自己积蓄的三又三分之一买了单反相机，又用三又三分之一的积蓄加了个"头"。呵呵！就是镜头呗。从此，阿辰的行头多了一套镶嵌着层层相叠的袋袋的土黄色马甲，背上印几个大红字"新手上路"，使路上驰骋的人和车唯恐避之不及。都数码了，层层相叠的袋袋装的不是胶卷，而是墨镜、巧克力、纸巾、香烟，嗯，还有"套套"。镜头所对处，阿辰小单眼皮眼睛一嗝眨，一幅影像就定格下来。满大街都是俗的生活俗的人流，发现出彩的经典瞬间——难哟！在咔嚓了许多风花雪夜的片子后，阿辰不知不觉就有些乏味了——你说这社会都风花雪夜了，还有什么劲？！

电视台开辟了"DV"栏目，玩"DV"成为时尚。阿辰又发起了"烧"，花了自己积蓄的二又二分之一把巴掌大的摄像机提回了家。这样，洛阳的街头多了一个细腿细胳膊肩挎黑包手持摄像机的家伙，乞讨、打闹、闯红灯、横穿马路尽收眼底，连交警一看到阿辰就正正规规地打手势。当然，阿辰是忙碌着愉快着，也郁闷着：自己的DV通过电视台在社会上搅起的一点点波澜，不多时就风平浪静了。仍然是乏味儿。

当然，阿辰也玩过小资。把寸头留成披肩发，很艺术的样子，背一笔记本电脑，往咖啡馆里一坐就是老半天。喝着咖啡、绿茶什么的，握着鼠标一点点地下滑上滑，间或也跟跟帖子嬉笑怒骂一番。有时，阿辰也约了那些蓝颜红颜或者什么颜也不是的，说些无聊的话做些无聊的举动。或者就是发呆！依然是异常的乏味儿！

"驴"了，乏味儿了；网了，乏味儿了；泡了，乏味儿了；就连玩手机也乏味儿了，不就是为了方便别人么。爸妈说，你不回来吃饭也不"吱"一声？阿辰就对着手机"吱"一声。朋友搓麻"三缺一"，第一个想到就是他的手机号！过去说 BB 机是拴狗绳，那现在的手机就是拴藏獒的钢链子，语音、图像把你拴得牢牢的，连说个小谎都不自由。真他妈乏味儿哟！

忽然，阿辰就玩儿起了失踪！

阿辰向爸妈告了"家假"，关闭了手机，背起行囊帐篷，来到了黄河边。黄河岸边是簇簇茅草，向里是粉绿相间的鱼塘荷花，向外就是黑白相间的沙滩泥岸，往河道里当然就是黄河水了。稍稍发黄的河水争先恐后地漩着窝子向海里奔逝。很安静。阿辰闷闷地坐在河边这样看着想着。

不远处，有一架黑黑的草庵子。在不远处，一个头戴遮阳帽的人坐在小马扎上垂钓。阿辰瞅过去，那人的年纪不好猜测，黑黝黝的脸庞，身子宽展，把着渔竿一动不动，貌似气定神闲。

阿辰凑过去，那人不言语，瞅了阿辰一眼，指指旁边放着的"帝豪"香烟和金黄色的防风打火机。阿辰顺从地抽出一支烟，用打火机点着。阿辰手握防风打火机忖摩忖摩手感，轻轻地又放到香烟边上。阿辰就陪着那人，抽着烟，看鱼竿静静地垂在河面上。

河沿上别着的鱼兜子是空的。

待阿辰抽完一支烟，又抽完一支烟，那人才呢喃：睡窝棚比高楼随意呢。伸头，就能看到星星月亮……静心，就能听到蛐蛐鸣叫和庄稼伸腰……纵有百万财，不如买一静哟。

阿辰还想再听，那人噤了声。

等又扔下一个烟头，阿辰才醒悟：人家那是穿越了丰富多舛的人生来寻找宁静的，那感慨那感悟如金呢。我的人生才刚刚开始，我是干嘛？嘿！虽然都是寻静处幽，与人家相比根本不在一个层面的！

　　阿辰向那人"拜拜"，那人依然入定般地坐在黄河边上，任水流打着漩儿争先恐后地东去。

# 戴狗牌的庄庄

我家的庄庄是条男狗。那年我曾突发奇想，要将庄庄培养成为一只能够直立行走与其同类不同聪明绝顶的狗狗，最终还是失败了。因为庄庄就是一条男狗。

与四肢着地奔跑着的狗们尤其是女狗，庄庄是很愿意与它们同乐，不愿意直立行走。这是没有办法的事情。不过，庄庄能够在我的大骨头的调教之下，直立行走那么一段，也是很能够使它骄傲了，也很能够使它的主人——我的骄傲了。谁的狗能够直立行走呢?!

但是，再骄傲的狗，也是条狗，它也要依附于人。一个叫"犬管办"的人发现人们情感依托转移，依托于宠物狗，人、狗有两分天下之势，于是就规范，就出台了许多规定。于是乎，我拿着钱转了一大圈之后，我的庄庄也拥有了自己的身份证，有了刻有自己名字的金属片片——"狗牌"。没有这些，那些狗们是不在册的黑户，只能属于盲流狗。

现在的庄庄也被"双规"了，在规定的时间、规定的地点出门，还必须带上证明其身份的证件，脖子上挂上狗牌。一应俱全，骄傲的庄庄可以继续出去继续着它的骄傲。

庄庄出门了，首先看到的是盘亘在社区绿地的老情人小白狗花花。庄庄钟情于花花，为此不断地与其他妄图染指花花的男狗撕咬，直到一嘴狗毛地把对方赶走。此刻的花花煞是温柔，依偎在庄庄的身边不停地嗅来嗅去，两相交颈，蹭鼻子上脸。不过，庄庄也为别的女狗与其他的情敌打架，见此情景，花花只有无奈地轻轻吠两声以示抗议和不满。庄庄在情场屡战屡胜所向披靡，在社区一带独占鳌头。有人说了，那是因为庄庄属于杂交狗，狗脑子特聪明，狗身体特棒，狗占有欲特强。也有人经过细细观察，提出了反驳，说庄庄所有的强大均来自于它脖子上带的那块狗牌，那铝制狗牌在庄庄的脖子上闪出细微的光亮，与庄庄胸前的那撮白毛相映生辉。反驳的人是这样来证明的，说"犬管办"的人扛着网兜来了，其他没有带牌的狗们或被擒获收容，或仓皇而逃，或被主人匆匆地隐匿起来。而庄庄是带着牌牌的，是有身份的狗，它不用逃亡，它甚至还戏谑般地在"犬管办"的人面前翘起后腿撒一泡狗尿。有了这个气势，那些狗们谁敢与之争锋不先示弱三分？

带了狗牌的庄庄神气活现，傲然四顾，不断地以撒尿的形式确定自己的势力范围，随时警惕着那些觊觎自己的领地而没有牌牌的盲流狗。它现在已经完全适应了戴狗牌，并且知道了戴狗牌给自己带来的好处。在自己这块独大的领地里，它发现了一块大骨头，衣食无忧的庄庄绝顶聪明，寻找了一处雪堆，嘴里叼着大骨头，前肢轮换着在雪堆上扒开一个洞，把大骨头放进去，再用雪掩埋好。风天雪地里，有一只怀孕的没带牌牌的流浪小母狗蹒跚地进入到了庄庄的领地寻找吃的，大概快生了吧，肚子都快触着了地。庄庄撒开四肢颠颠地跑到怀孕的母狗跟前，照例是转着圈嗅嗅。怀孕的小母狗不知道"咻咻"地说了什么，庄庄颠颠地跑到隐藏大骨头的雪堆旁，把那块大骨头叼出来，又颠颠地送到了怀孕小母狗的跟前。

其实，庄庄还是非常善良的。

当我写下上面的文字时，庄庄正侧卧在我的身旁，它完全不知道我正在记叙它的轶事。它的两只前肢向前卧伏，狗脑袋惬意地放在前肢上，眯缝着双眼，细一听，还打着轻微的鼾，也许还做着趾高气扬的梦吧。庄庄胸前的狗牌仍然闪着细微的光亮。

# 私 奔

　　司马相如踱在黄叶铺就的蜀郡临邛的官道上，神情黯淡，叹己心比天高命比纸薄要嘛嘛没干啥啥不成。司马相如想学战国名士蔺相如成就一番大事业，不枉为一大丈夫耳。可是仕途险恶，司马相如不仅一事无成，连一日三餐都难以果腹。虽说在大街上干清洁工还有月饷300余铜钱，但士可杀不可辱，斯文岂能扫地焉。司马相如只得吟唱着自己早时作的《子虚之赋》以分散难耐的饥饿感觉。

　　司马相如正沉醉在辞赋的意境之时，忽闻前方有笙乐传来。只听那琴心错乱，指法嫩稚，弄琴高手的相如不由地皱了皱眉头。及至来到了一所深宅大院的门口，才发现笙乐是从这里传出来的。司马相如此时被这笙乐激起了强烈的表现欲，不顾一切地闯入大门，大呼：我来也。正在大宴宾客的临邛首富卓王孙见此很有风度地皱皱眉（皱眉是当时上流社会的时尚）。有人告诉他，这是下岗的秀才司马相如，会辞赋，善弄琴。不如叫他弹上一二曲助助兴？卓王孙颔首应允。司马相如被一种激情所左右，弹起琴来嘈嘈切切珠落玉盘。这琴曲不仅使宾客叫好，也引起了绣楼上卓王孙之女卓文君的注意。卓文君新寡，好乐。此时她从窗户偷偷望去，不由得对司马相如心悦而好之。司马相如也窥见了卓文君，思慕之情油然而生。于是四目瞬间相对，完成了书生与小姐长长的拍拖过程。后来，司马相如很感慨地对卓文君说：有一万种可能我们今生是陌路，只有一次机会我们今生是情人。

　　事后，司马相如揣着卓王孙的赏银填饱了肚子，还买通了卓文君的丫鬟，才得以有机会与卓文君私奔回成都他那家徒四壁的家。卓王孙对他们的私奔愤怒至极，但又不得不很绅士地皱皱眉头说：绝不给他们一钱也。

然而现实中不仅仅是只有两情相悦就足了，物质基础又肩负着提升爱情品位和牢固程度的重任。如今的社会文人不吃香了，使司马相如鲜有收入，卓文君所带的体己也早已用光。日子清贫，何以情趣？于是素有小聪明的相如如此这般地与文君一说，两人便又回到了临邛。

回到临邛的司马相如和卓文君倾其所有租一门面卖酒菜，店名叫"相如文君小吃部"。每日清晨，卓文君不理红妆、不佩金钗当炉酤酒，司马相如则身穿短裤围裙择菜、劈柴、洗盘子于大街之中。夫妻二人执意要把自己搞得寒酸复寒酸，以引起世人的关注。果然，临邛首富卓王孙之女、女婿临门酤酒、当街杂作的特大新闻通过各种媒体广为传播，临邛城里家喻户晓，许多人还每日围观、评论、述说……。卓王孙闻听，连呼家门不幸！并深以为耻，杜门不出。此后媒体的"下岗以后怎么办？""文人经商的人文探讨"等各种热点讨论满天飞，并且还有记者登门采访卓王孙，使卓王孙穷于应付。"相如文君小吃部"在电视上有影，电台上有声，报纸上有字，网络上有名，食客蜂拥而至，并还频频与相如和文君合影，图个稀罕，图个热闹，图个日后的炫耀。

司马相如和卓文君这边是热热闹闹，卓王孙那边是说客盈门。说客们说：你是文君的父亲，脸面是你的立身之本。相如虽然是一介穷书生，但他有才呀，将来的前途谁能预测到啊。你把相如扶持起来，文君就风光，你也就有了脸面。这是 A＝B＝C 的简单的关系，用之于官场上也皆然。卓王孙如醍醐灌顶，大彻大悟，遂分与卓文君一笔百万资产，家童百人。

司马相如谢了泰山，携文君回归成都。在临邛这么一闹腾，歪打正着，相如和文君有了经营酒店的经验和兴趣，在成都办了个"相如文君大酒店"，由文君管理经营，司马相如则专心为文。这样才伴随着财，使司马相如一帆风顺，得以为天子作诗唱赋并被封为"郎"。

 # 竞　争

　　科长调走了，官场里又空出了一个小板凳，据说这小板凳就要分配给科里四人中的某一个人。

　　老林是科里的三朝元老，有几次提升的机会路过了也看过了，最终还是错过了。老林有点想法应该是正常的。所以老林早早地来到办公室，又是抹布又是拖把，把室内外整了个水光溜滑；而后又气喘吁吁地提起两个八磅的大水瓶到了办公室。

　　小姜进门，看了洁净的办公室，一时觉得很不适应——往日都是自己的事情啊——就搓搓手，呵呵地对老林一笑，以示感激。之后，赶忙铺开了办公桌上的一堆文件报表准备开始当日的工作。小姜是业务骨干，有许多事情需要他来处理，不忙不行啊。

　　小李人未进办公室，"嘭嘭"的高跟鞋叩击地板的声音从三楼就传到了五楼。小姜收拾得精致的脸朝老林嫣然一笑，坐下，从小包里取出一袋鲜奶，再取出吸管，一插，悠悠地喝完。小李又从包里取出化妆盒，把口红再涂抹一遍，就与自己桌子上的电话机相起了面。

　　小张还是和往常一样，踏着八点的点儿进了办公室。他一般出门很早，在机关外面的绿地广场散步，看到常务副局长提着黑包踱着方步从广场的那一端走来，就迎上去搭讪几句，这才随了常务副局长进了机关大院，上楼。进了办公室的小张变戏法般掏出了一些小玩意，如老林健身用的袖珍手球、小李喜欢的话梅、小姜爱耍的动物钥匙链等。小李对小张送来的小兔钥匙链做出很感兴趣的样子，手在中间一摁，小兔眼上

的红灯就一亮一亮的。小李暗想：科长指不定是他们中的那一位呢，谁当科长总不能打笑脸人吧。

四个人争相说着热情洋溢的话。什么老林的儿子真像老林的儿子，聪明绝顶；什么小张家的狗不叫狗，叫小猎犬；等等。可是一旦话题断了茬，办公室里的空气就流淌着一丝若有若无的沉闷，个中缘由都是揣着明白装糊涂。

小李曾暗中对小姜说：这个科长你为什么不争一争呢？凭你的业务，凭你的学历，凭你的年龄……。小姜说：一个中心有了，还差两个基本点啊。说完两人相互笑笑，挺神秘的样子。

电话在小李的桌子上突兀地响起，打破了厚重的沉闷。老林和小张都条件反射般地从座位上站了起来，看小李从容不迫地拿起话筒，两人复又坐下。小李喊：老林，电话。老林才很沉稳地过去，拿起电话"喂"了一声。老林对着话筒谨慎恭顺地连说了几个"我知道"，又说"晚上我再与你联系"。挂了话筒，老林踌躇满志地回到自己的座位上。又一声电话响起，几个人的目光都瞅着小李的手和红嘴唇。这回是小张的电话。小张连续"啊啊"了几声，挂了电话，拿起手机到了办公室的外面走廊上。

小李对对面的小姜眨眨眼，又很有意味地冲着老林小张笑笑，老林和小张也笑笑。

局办公会是星期天在一个宾馆开的。据说争执很激烈，几近到了崩盘的程度。再有一年就要退下去的局长提的老林只获得了三票，有望接班的常务副局长提的小张也获得了三票。所有的人都望着尚未表态的工会主席，工会主席环顾左右沉思良久才轻轻地吐出了一个人名，并列举了这个人的工作、业务、能力……在一阵沉默后竟然获得了全票通过。局长和常务副局长想想也释然：这样也好，关键是不能让对方得意了。

周一，局里宣布了小姜为科长的任命文件。老林、小张惊得嘴巴大张：这家伙走得什么路子哟！更为吃惊的是小李，她想：真看不出来，这闷葫芦里还真藏得住东西哩。哑巴蚊子咬死人，今后得防着点儿。

# 数字，数字！

爷爷说：人要倒霉了，喝口凉水也塞牙，放屁还要砸脚后跟哩。当然，爷爷肯定是遇到过倒霉的事了，不然不会深有体会地说。

爷爷新中国成立前省吃俭用，临解放了把大户人家廉价抛出的土地买了十几亩，被窝没有暖热就土改了，差点叫李二嘴给划了富农。成分划过后的中午，爷爷拉着奶奶去了不远的镇街，爷爷气愤地说：吃！不吃白不吃！咱去街上喝豆腐汤去。就在爷爷把豆腐当成了李二嘴狠狠地吃的时候，豆腐里的铁钉把爷爷的牙给咯掉了半个，所以以后爷爷总是很沧桑地对我们说：咱家新中国成立前没有受过症，不信你去问你叔去，咱有地呀！十几亩呢……嘁嘁，没有想到叫豆腐给咯了牙！丝……

在一个飘着雪花的那一天的上午，我刚到单位，就听局长叫我去。我拍拍身上的雪，一股寒气随着大门口的风就进来了。

局长窝在沙发转椅里，伸手接过我连夜加班整出的材料。局长的手挺厚实的，手指头浑圆，是捏酒杯的指头呀。局长是搞材料出身，几十页的材料几分钟就看了个八八九九。局长抖抖材料："我说咱们的秀才同志呀，这成绩不能夸大也不能缩小。"然后用浑圆的指头点点材料上的一个地方："这几组数字再回去琢磨琢磨。嗯！"

"哦，局长，是这样，这几组数字我们已经反复统计核对过了。"

"反复统计核对过了？难道就不会有遗漏？有些相关联的数据不要忘了。"

"嘁嘁，局长，我们已经把相关的因素考虑进去了。有的同志开着玩笑发牢骚，说是从连云港关联到喜马拉雅山了。现在的数字已经大了……"

"我说我们的秀才同志呀，要通过你们的笔杆准确地反映我们局一年来的工作成绩，要让领导和群众感受到我们的工作状况。嗯！对咱们局的前途只有好处没有坏处。理解了吗？"

"……"

"回去按意图再整整！"

"好，好！中，中！"

中午，雪停了，太阳还从云缝里撒出了点阳光。回到家，我把那劳什子材料往茶几上一扔，把身子放松地卧在沙发里，长喘了一口气。

老爷子步履蹒跚地踱到我的跟前。老爷子说："上面要做一个革命传统教材，陈年旧月的事了，不给你们讲讲又不行，吃了几碗米饭就不知道今儿的天是咋晴的。小子，来！给我写个简历。"

对老爷子的那点破事儿我不说清楚到肚子里的蛔虫大爷，也和蛔虫二爷差不多。没几分钟，不到两页纸的简历就划拉出来了。老爷子的手有神经性痉挛的毛病，指头如同干枯的树枝，简历在他的手上就抖搂着。

老爷子带着老花镜看了许久，突然猛地把那两页纸给拍在了桌子上，弄出了很大的响声："小子，过来！"我差点把口里的水给喷了出来。

老爷子干枯的手指头捣着纸上的一个地方忿忿地问："你小子给我说说，什么叫'百余次'？"

"嗯，'百余次'是比较笼统模糊的说法，说明您在战争年代身经百战的光荣历程。"

"你小子是臊俺哩。有点墨水就笼统模糊上了，告诉你小子，我在一线直接作战也就三十六次。"

"哎哎，您老别生气哎。有些战斗您虽然没有直接在一线，但是侦察、制定作战计划、指挥，哪次也少不了您啊。"

"屁话！按你小子的说法，我还参与了神五上天哩。你不经历那些场

面就看不见血腥。与牺牲相比，我要这虚名干啥哩?"

"……"

"就按我说的写吧。你们这些人呀！当心你自己把笔杆写断了。"

嘿嘿！我也叫豆腐给咯了一回牙。都是数字给惹的祸呀。

# 工作着是美丽的

　　小海初到单位的物业管理办公室时，瘦瘦矮矮但又城府颇深的主任坐在宽大的办公桌后面啜一口清茶，举着头把同样是瘦赢赢但却高挑的小海上下打量了一番，说：你就负责抄表吧。小海就去抄表了。

　　每个月的下旬必须将抄好的各家水电表数报到财务，由财务在其工资数内扣除。所以小海的工作很重要。重要归重要，小海觉得很辛苦。小海负责的社区有 15 栋楼，每栋 48 户，一共 720 户。每层楼 14 个台阶，那么每个门就要上下 70 个台阶，每栋楼就是 280 个台阶，如果哪一户不在家，还得重复爬楼……那 15 栋楼的概念是多少？小海是个初中生，但这点工作量还是能够算出来的。比起讲究喝茶整天算计人的主任，比起讲究喝酒场次的电工小姜，比起只会涂脂抹粉的小张，小海就觉得自己是全办公室里最辛苦的人。

　　不过，小海也在这辛苦中觅得些许乐趣。登堂入室，大多的人家都对他笑脸相迎，有的还上杯茶上颗烟。小海不会抽烟，就摆手谢绝，实在让不过，就把烟夹在耳朵上，圆格棱棱的头上一边夹一支烟，活像阿童木。后来，小海学会了抽烟，细细地吸一口，再缓缓吐出。小海时常是嘴里抽着耳朵上夹着兜里装着。再后来，小海专门备了一个空烟盒，将那些烟放到盒子里，省得揉坏掉烟丝。走东家串西家，还可观各家风景，从家具、物件的摆设和家里的整洁程度，可知这家主人的品位高下。当然，这些都是小乐趣。

　　小海是个有心人。谁家是什么职务，谁家是什么职称，谁家手里捏

银手链

的是实权，谁家手里只是虚权等等，小海在工作过程中把这些情况竟然摸了个八八九九。等到再收费的时候，小海就有意识有针对性地少写点数字，还一再问那家的主人：对不对？对不对？小海想，反正单位一大片的家属院，月月有亏，亏了公家也不能亏了个人。啥叫铺路？这就叫铺路。说不定铺的还是高速路哩。这，才是大情趣。

工作依然是辛苦。小海辛苦，就想增加个帮手，可是瘦主任不置可否。这个时候，小海抽烟就很猛，深深地吸一口，急匆匆地吐出来，一缕烟雾向前行走一段再袅袅上升。烟一掐，抄表的数字就随着小海的脾气的大小而大小。有一次，一位刚刚退下来的处长猛地发现自己家的水电费突然比过去高出许多，本是失落人，见此，失落的心情更为失落，就追问小海。也许双方的口气都不太好，都有些生硬，两人就吵起来了。退下来的处长借机闹到领导那里，非要讨论"茶水是凉是热"的问题。这一下，小海成为众矢之的，瘦主任就停了小海的职，发基本生活费，反省自己的工作责任心问题。

小海不用再急急忙忙去爬那数千级台阶了，倒也落个清闲自在。什么反省？不就是自我批评了事。小海也一支烟一杯茶地翻起了报纸，旁边放几张稿纸和学习资料，做做反省的样子。过了两三天，小海的两包烟就抽完了，得买烟了。又过了十天半月，小海看同事们进进出出地忙着自己的事情，想上去帮忙，被婉拒了。小海已达到了每天能抽一包烟的程度，一支接一支，有时半天也就点一次烟。过了二十多天，瘦主任也不问他反省的如何，小海的心里就有些发毛。无论抄表这个工作如何辛苦，总归是有人陪你的笑脸，有人给你敬烟倒茶，大小是个权。小海算是想明白了，只要自己干上这份差使，在这个社区来说自己就是有用的人，反过来你就是无用之人。

小海终于深刻地向瘦主任反省了自己的问题，并把问题提高到了"服务"的高度来认识。小海把自己的检讨双手递给宽大的老板台那边的瘦主任，半个身子伏在台上，胳膊伸的老长老长，还不忘幽默自嘲地说一句：工作着是美丽的。

# 慢车比赛

这狗日的慢车比赛！局办公室苟主任摇着略显稀疏头发的脑袋嘟囔着咂笑着。与他同场比赛的是局里的两位局长和办公室两位新来的大学生。五一了，局工会搞了个趣味体育活动，其中就有"慢车"项目。苟主任想：自行车骑得快是本事，骑得慢则是大本事。这"局们"进出都是小车惯了，却都敢揽慢车赛这个瓷器。怪了！

比赛专门购置的山地车车身闪亮，车把上还被红绸布给绑了朵大红花，如同羞涩的新娘列队站在起端线的一侧。看着挺胸凸肚的"局们"，苟主任替这些新车委屈。平时都是往小轿车里一钻整个车身都得颤三颤的主儿……

令旗一挥，选手们蹁腿跨上车，缓缓地进入了赛道。苟主任脚手竭力控车并习惯性地左右光顾。瞟左边，是办公室的那俩大学生。这俩青瓜蛋子平时把自行车骑得飞快，见到了苟主任，快速行驶的自行车划了个漂亮的弧线，手闸一捏右腿轻快地点地，就停到了他的前面。为一封群众来信的处理，这俩小子没少找苟主任。苟主任总是很耐心地说：再等一等啊！领导还没有批复哩。如今这俩小子在比赛的行列里一点儿也不突出嘛。

苟主任平时两只眼睛总是在滴溜溜地转，虽然在瞟着别处，手下却能按部就班地做着该做的事情。就有人赞叹苟主任是一副中枢，两副大脑，很够用的。苟主任又瞟向了右侧。易局是比较年轻的副局长，可是不骑自行车也有很长时间了。刚开始，易局把自行车车头摆得像个麻花，还差点出了赛道。不过终究还是乱中有稳，稳中有进。苟主任佩服易局的沉稳。易局对那封群众反映乱占上好耕地建娱乐城的来信审视良久，批阅：请汤局指示。易局的口头禅是：时时处处要维护一把手的权威呀。易局的右边就是汤局。汤局虽然年纪大了点，但手劲还是很大，车把被控制得有张有弛，并手脚配合调整好了角度和姿势。汤局早上喜欢打太极拳，并且打得很有味道。汤局打太极拳时微闭双眼，身体重心微微下移，一招一式收放自如，一推一挡极为缓缓有力，如入无人之境，功力颇深。

对此，苟主任认为"缓与慢"也是一种境界，是形拙而实巧，似慢而实快。你看啊，一份重要文件即使在同一幢办公大楼传送也是需要邮寄的，这邮寄就是工作过程，需要邮寄来证明文件是发出去了；对于领导的征询，也需要"但是……也许……不过……"来模棱两可一番，为自己揣摩领导意图再准确地回答争取思考的空间。

就在苟主任胡思乱想之际，忽听观众群里发出了"哈哈哈"的笑声。原来是办公室里的那俩青瓜蛋子急躁中把车不稳，一个脚点了地，一个车倒人翻，双双出局。

苟主任细看汤局，汤局竟然如老僧入定般地微闭双眼面色红润，车把与车身摆放成了一个恰到好处的角度，身体与双臂掌握着平衡。赛车就像生了根似地纹丝不动。苟主任暗自赞叹：这才是"龟蛇有肉"哦。汤局看了那封群众来信，似乎说了一句：发展经济嘛。就批示：按政策办。猛地一激灵，苟主任装着歪了车，自嘲着出了赛场。紧接着易局也好像是按捺不住地冲向了终点，微笑着败北。

此时，整个赛场上只余了汤局，静静地伫立在赛场上入定。

就在苟主任双手张开准备欢呼鼓掌时，那俩青瓜蛋子手举一纸急匆匆地奔到他跟前。苟主任瞄了一眼纸，不由地急促地念出了声：立即调查处理乱占耕地事件……市政府……苟主任挥舞着那张纸急切地向汤局跑去……

# 学 开 车

办公室里谁最牛？当然是领导！不对！最牛的是司机。

你想啊，领导当然能够指挥全盘领导全局，可是领导不也得听司机的，司机是领导的腿，司机是领导的钱包，司机是领导的酒囊饭袋……呵呵，司机是领导的腿好解释，司机是领导的钱包也好说通，那司机是领导的酒囊饭袋如何说？我们主任酒量不高，也就是二三两的量，如果在一般的酒宴上尚能对付，那不一般的酒宴主任的酒量就相形见绌了，往往是不胜酒力。酒过量了就难受，难受了就影响身体，主任不想难受，就想辙。这一想就想起了司机小鹏的酒量不得了，咋着不得七八两？一斤朝上？可是司机是不能喝酒开车的，处罚事小，生命事大。司机小鹏早看出了主任的心思，就嘻嘻笑着对主任说：主任，要不这么着。我替你喝酒，回程你替我开车。两便。主任欣然笑纳，自己的车技虽不咋样，上路是不成问题的。于是常常可以看到这样的情况，中午、夜晚的车流里，司机小鹏喷着酒气在小轿车后座歪斜着打呼噜，主任目不转睛地认真开车看路。你能说我们的司机小鹏不牛？

于是我们也想学开车。在请了小鹏喝了杜康后，小鹏答应了利用主任不用车的空当教我们开车上路。

这个空当来了，主任去南方学习考察十日，小鹏就把我们带到郊区的一条空旷的马路上练车。理论上的问题不用说很多，我们都是直接上车。小鹏就是牛，平时本来就不把我们这些小办事员放到眼里，现在给我们当教练更是神气活现，我们得用烟呀酒的把小鹏供着，用好话甜和着。而小鹏对我们则是粗鲁至极，嘴上从不留情，损人舌头不带打弯的，旧社会的师傅对学徒也不过如此。比如说小张驾驶，前面路上突然上来一头猪，小张就长鸣喇叭。小鹏张口就是：给猪按什么喇叭哩?! 你笨还是猪笨？怪不得主任老说你猪脑子！比如说小李开车小心翼翼，速度很慢。小鹏不屑地说：小心就可以了，还翼翼呢！你慢别人就不撞你了？下去拉架子车吧？新学开车，除了新鲜就是紧张，有了小鹏坐在你的旁边恶声恶语地"教练"，我的手脚就更为紧张，小鹏就耻笑：坐你开的车，我的手得随时把着车门把手。为啥？得随时准备往下跳啊。小鹏每一次"骂人"，坐在后面的人都哄然大笑。有趣啊，幽默啊，机会均等啊。

如此学车，车技也就学了个三五成，属于典型的新手上路。由于手头可供开的车少，时间公里数均很低，我们至今仍是新手上路。

# 伙计，一路走好！

于林随便地提了个布袋子，装上毛巾牙具，鼻梁上还不忘架了一副墨镜，就这样出门了。

初夏的日头很暖，酥酥地照在于林大虾式的身上，走起来一耸一耸的，近似于光光的板寸头上腾起和煦的辉光。这将是一个很惬意的旅行。方夏从那边打来电话说，来吧，边工作边旅行。

于林很早就出来挣钱了。那是一次失败的高考，之前唯一的亲人——母亲突然得了急症，在于林彷徨无助的时候，于林的初中同学方夏"拉兄弟了一把"，才迈过了这道坎。就在于林踌躇着是否复读时，方夏说：来吧，跟我一起挣钱。有了文凭还不得找工作？还不得给别人打工？于林在那个夏天，开始与方夏合作的挣钱生涯。

行走在大街上，于林不疾不徐。于林特喜欢这样，不用匆匆赶路的旅行才是真正的旅行。于林摘下墨镜，认真地看天，用眼睛去直接感受暖日阳光。收回眼光，于林注意到前面一对男女背着旅行袋在人行道上东张西望，似乎拿不定主意向哪个方向行进。于林特意放缓了脚步，用眼角的余光把那对男女扫描了一遍。只几秒钟，于林就知道这是从农村来的中年夫妻，并且是很少到大城市来。他们脸上的两团红晕，说明了大西北的属性。

也就是于林的这一瞥，那男的像抓住了救命稻草，热切地问：同志，白马寺咋走？

于林热心地回答：到汽车站吧，那里去白马寺的车多，都挂着牌牌的。

那男的脸上堆满了感激的褶皱，正要说几句感谢的话，于林又说：不过去汽车站还要绕好远的路。这样吧，跟我走，就近有一个地方去白马寺的车都要路过的。

那男的回头与女的低语几句，又问于林：远吗？

于林用墨镜向前方一指：不远，一站多路。我也乘那一趟车。

所有的物体都被罩上可爱的懒阳，往前一耸一耸的于林和那男的并排，女的有意拉后一截，眼光紧盯着男的背包。于林颇有些瞧不起，不就是背包里有货呗。男的看出了于林脸上的瞬间变化，就凑近于林近似于讨好地说：你们这里的白龙寺很有名气嘛，我们那里有当干部的到白龙寺烧香，回去都升官了。跑几千里路来烧个香，值！

于林揶揄道：人家是来求升官发财的，你们是为啥？

说起这，前面的男的和后面的女的神情委顿了，都低头擦眼睛。也就是这瞬间，于林从那男的包里拿到了自己想要的东西。

男的女的眼圈都红了起来。男的用手背抹了一下眼，嘟囔着：这风刮得，迷眼哩。稍后，才又接住了刚才的话茬：还不是为闺女。闺女在郑州上大学，不知咋的就得了啥缺血的病，说是要很多钱哩。把家里能卖的都卖了，乡亲们也凑了些。够不够不知道，先用着吧。上郑州路过这儿，烧香求佛显灵哩。

突然于林没了心情，尽管日头依然很暖很可爱，拿着墨镜的手哆嗦了一下，就顺势把墨镜戴上了。那男的看着于林的脸，吭哧了好一阵，羞涩地对于林说：你不带蛤蟆镜挺好的。俺乡里那一块有些干部和痞子也戴这些。

于林一听又笑了：不戴墨镜就一定是好人？

不是，俺一见戴蛤蟆镜的心里就直打鼓。

于林便把墨镜取了下来，放进上衣口袋。

拐过了这条小巷，出去就是等车的地方了。于林迅速地用手机给方夏发了一条短信息：我不干了。再也不干了！余下的钱我会很快还给你的。拜拜！

出了巷口，于林将那对男女送上车。临下车的时候，于林拍拍男的背的旅行包，顺势把东西又放了进去，悄悄对他说：伙计，一路走好，小心自己的东西。不要往人多的地方去凑热闹。

男的真心感激于林，突然说了一句：你其实带着蛤蟆镜也很慈祥嘛。

满车的人都笑了。

于林也很幽默地回答：我为什么就不能慈祥呢？

于林戴上墨镜又大虾似的一耸一耸地穿行在大街上，穿行在暖暖的日光里。于林知道，自己已经与昨天划了一道醒目的杠杠。

# 神鞭薛轶事

薛峰外出闯荡了几年，回来了，悄没声息地就在街市一端开了一个小门店。门店不大，八九平方的样子，只卖两样东西，陀螺，鞭子。陀螺有大有小，大的直径 50 公分，抱着才能搬走，小的却只有一两公分直径，俩手指可以拈走。鞭子也是有粗有细，长短各异，一个系列的。

别看薛峰个头不高，敦实实的身子骨儿，眼睛常年眯缝着，好像永远欠瞌睡，没有精气神，坐在门店的里面一声不吭，看街市上人来人往。薛峰经营这些玩意儿，自然是把这些玩得滴溜溜转。当他举起鞭子，面对旋转的陀螺，眼睛就睁开了睁圆了，周身充气似的舒展开来。只见他握紧自己的皮裹鞭子，抬起向左运鞭，再猛然向右后身子甩去，鞭梢蛇样地在空中画出一条柔美的曲线，倏然在空气中发出一声清脆的炸响，看热闹的人都一激灵焕发出了生气。当然，这不算奇，奇的是薛峰有一杆与人不同的鞭子，鞭身是一段一米多长粗麻绳般的铁链子，常人抡不动的，薛峰可以。他稍稍用力，铁链鞭子离了地，再一使劲，鞭子如长龙入云般地飞舞起来，未等周遭的人看明白薛峰身子是如何旋过来的，电闪雷鸣的响声便在街市上空滚过，满街的行人都拧了头伸了脖子往这边看。

薛峰还有绝招。一次薛峰的发小——三儿到他的店，看到薛峰在摔打进屋的苍蝇，手里不是苍蝇拍，而是用杆纳鞋子绳粗细的迷你鞭子，轻轻一甩，只见一道影子掠过，飞着的苍蝇顾不上吱声就落了地。经过三儿出去一通海吹，薛峰就落下了一个"神鞭薛"的雅号，"薛峰"二字再无人提起，雪藏了。

这一下，街市上的人都知道了神鞭薛的本事，街道社区居委会举办个什么活动，也拉神鞭薛去助助兴。如此二三，"神鞭薛"的名头在一方社区越叫越响。

一次社区组织新春联欢会，就在牡丹广场。那天是人山人海，一阵鼓镲齐鸣，打开了一片场子，待红男绿女的腰鼓、旱船耍过，待传统戏曲、流行歌曲唱罢，神鞭薛上场了。神鞭薛一身短打扮，穿的是镶着黑边的黄衣黄裤，头缠黄巾，缀满钉样疙瘩的黑带勒头束腰。一汉子抱起50公分直径的大陀螺放到场中间，用粉笔在水泥地面上画出了许多曲里拐弯的图案，神鞭薛手持皮裹鞭子，只脚背一搓，大陀螺就颤巍巍地转起来，鞭子一打，大陀螺滴溜溜地转得风生水起，按着神鞭薛手中的鞭子指挥，说走直线就走直线，说走 S 型就走 S 型，沿着事先画好的几何图形走了个遍。引得周遭阵阵叫好，伸长了脖子朝里看。

神鞭薛在我们这个街道是个响当当的人物哩。

当然，说神鞭薛"响当当"是因为后面发生的几件事而起的。一次在社区活动中，神鞭薛正在场上表演，只见他的鞭子甩向了人群，来得突然，鞭子落下去了看客们才"呼啦"闪开一个空当，一个人呆立中间，手还在伸着，一道似红非红的道道在手上慢慢显现出来，一钱包"啪嗒"掉在了地上。好半天，旁边有女人惊叫：我的钱包！

另一件事的目击证人只有一个，传出来的话更神了。据说在一个风高月暗已过子时的夏夜，神鞭薛喝了酒往家晕，经过黑暗的小巷时，发现几个男人正在欺负一个女人。面对矮小的神鞭薛，那几个男人根本不放在眼里，可是未等他们展开拳脚，只见神鞭薛手一扬，一个个在原地打开了转转，最后"扑通"一声都躺倒在地。及至到了派出所，这几人还不知道遭了啥暗器。也许这中间有夸张的成分，但是神鞭薛一个人斗四五个汉子，从中解救出下夜班的年轻女工应该是事实。

也有人非要追根刨底，在神鞭薛店铺里收拾卫生的年轻女工笑笑说：

要不你亲身体验下？看看薛峰的鞭子能叫你转几圈？问的人也就打住，不是怕神鞭薛的鞭子，而是觉得人家这女的都叫"薛峰"了哩，于是都朝那女的拱拱手，大恣恣地开着玩笑，喝喜酒别忘了吱一声哈！转身，打着哈哈走人。

# 嘀嘀和呜呜的爱情

　　蛐蛐儿嘀嘀和呜呜的相识相爱是在秋天一个明月下的夜晚，那个夜晚的月光皎洁明亮，使整个秋野镀上了一层明晃晃的银色，嘀嘀好听的嗓音吸引了呜呜，他们就盘亘于豆棵丛中，兴奋地对起歌来。无边的旷野里，他们在一唱一和中越走越近。一条小水渠阻隔了它们相会的路，秋雨也漫无边际地下了起来，雨珠打在嘀嘀头顶上的豆棵叶子皮蓬作响，水面上溅起片片水花儿，此消彼现。淅淅沥沥的雨丝不紧不慢地飘洒着，呜呜和着雨声在小水渠的这边给嘀嘀献上了一首诗：秋雨奏乐，野草霓裳，旷野是我们的婚庆殿堂。海会枯吗？石会烂吗？旷野会消失吗？不能！所以，亲爱的嘀嘀，你我地久天长。嘀嘀感动地跃出豆棵丛的叶子的庇护，想跳越小水渠，却差点被冲走，是呜呜手疾眼快把她给拽了出来……

　　从此，嘀嘀和呜呜总在夕阳下黄昏后漫步于野草丛中豆棵叶下，呢喃唱和卿卿我我。当然，嘀嘀的远大志向是当一名歌手，而呜呜则渴望当一名角斗士……他们需要走出去。但是父母们却希望他们留在这片沃野上，这里是他们家族生存的家。呜呜说，现在那个叫人类的动物过度开发扩张，这片沃野在不远的将来也会被钢筋水泥给包围的。现在走出去，要尽早地适应钢筋水泥般的生活，与时俱进才会生存下去。

　　他们偷偷地出走了，带着爱情，带着理想憧憬。他们来到了一座被称为城市的地方，在城市边缘的野草丛里安下了家。每天，他们除了为生存做出必要的寻觅外，嘀嘀一般是练习她那玲珑般的嗓音，呜呜不停地挥拳踢脚蹦跳匍匐。时而会遇到来野草丛中玩耍的小男孩们，看他们愉快地穿行，嘀嘀和鸣鸣卧伏在那里艳羡不已。可是，这些小男孩们光顾这里的时间总是被随之而来的"吃饭""做作业"的呼叫打断。看到那些小男孩恋恋不舍的样子，嘀嘀和鸣鸣的思绪也无端地惆怅起来。

有一天早晨，嘀嘀和鸣鸣被震耳欲聋的机车声音给震醒，他们发现四周来了许多人，还插上了五彩的旌旗。在突如其来的推土机的强力推进中，他们疲于奔命，顷刻间他们的家园被颠覆碾碎，整个草丛被来回碾压的机车变成了一片裸露的黄土地。一阵大风刮起，卷起的尘土遮掩了那些猎猎的旌旗。他们被分散了。

嘀嘀终日悲怆地围着附近水泥铺就的地面和楼群，寻找着她的鸣鸣。失去了草丛原野的环境，嘀嘀的嗓音变涩滞了。在秋末的寒风里，嘀嘀被一个小男孩细心地捧在手里，把她带到自己六楼东的家，小男孩的爷爷编了一个笼子把她放进去，小男孩要每天听她歌唱。午夜，嘀嘀透过笼子看着窗外，悲戚地鸣叫着鸣鸣。日子一天天过去，嘀嘀的心一点点下沉，无数个夜晚，她黯然守望着黎明的到来。

鸣鸣为救出嘀嘀，差点被泥土压在地下。鸣鸣也到处寻觅着嘀嘀。他好像听到了嘀嘀的歌声和呼唤，便顺着楼层一气蹦到六楼东的门外，但是没有机会进去，便日复一日地在楼栋间转悠。鸣鸣终于被一位老人发现了。老人眯缝着眼端详着鸣鸣壮实的身子，认为是难得的好斗蟀，便想送与只从画册上见过蟋蟀的孙子。孙子住在六楼西。

小男孩说看到了嘀嘀的眼泪，爷爷说那是她离开了土腥味儿，在难过哩。小男孩说那咱们还给她送回农村去。爷爷笑了。嘀嘀被小男孩和他的爷爷提溜着下楼，与提溜着鸣鸣上楼的老人相遇。嘀嘀与鸣鸣悲切地呼叫着，两位老人心中不由一惊，终于没有停留住脚步，渐行渐远。

在那个冬季，风卷枯叶，鸣鸣和嘀嘀整日地悲鸣个不停。虽相隔很远，但它们似乎能听到对方的呼叫……鸣鸣的笼子就挂在窗口，窗外是用钢筋封起的防盗网，也如同他们的笼。

# 恭喜咱们都成为狼

我是个男人，我的老板是个男人，我的同事林也是个男人。

我和林撑着这家做着所谓的文化产业的小公司，当然是帮老板撑的。老板叫周郎，就是那个脑门上只顾长点子而忘了长头发而我和林背地里叫"周狼"的那个男人。想想？既文化又产业，那不是聪明绝顶么？那不是把世上体面的事情都占全了么？我这么说这么想，也是捎带着把自己抬高了一下。一个中文本科生在这样的公司打工，也算是人尽其才。周狼其实待我不薄，在这个中等城市每月能有 2000 元的工资拿着，做梦也是要笑出声的。我暗地里已经筹划了多次，跟着周狼干几年学点门道，将来自己也开家公司，再找个能对上眼的女孩儿，这成家立业的啥都有了。

当然，要达到这个目标是要付出辛劳的代价。周狼的门道大，几乎每月都能从出版部门拉来一部十几万字的书稿，由我们来输入、编辑、策划、设计、印刷、成书……我和林几乎每天都要加班，累得贼死。周狼总是笑眯眯地把嘴角一拉，用手轻轻梳理一下稀疏的头发，看着我们抱歉地说：嘀嘀，真是得赶紧呀，那边又催呢。

周狼见我们不笑不说话，胖胖的脸上总是把喜气儿挂着，连脑门都像喝了油似的油亮油亮。他的嘴角一拉，猩红的嘴唇上下张张合合，那钱仿佛就浩浩荡荡地流入了他的腰包、保险柜。周狼是个明白人，他说：咱们是共存共荣，一损俱损，一兴俱兴。有我赚的也就有你们挣的。真是日子清闲了，咱们都还不得喝西北风去?! 这个社会就是要培养狼性。

说到这里，周狼把手像领袖那样往外一挥。我明白，一喝西北风，我和林都得变成狼吃过的骨头渣。得，加班就加班。工作着是美丽的。

一大早，周狼的嘴角又拉开了，猩红的两片嘴唇翻飞出了个天大的喜讯：四本书的业务呀！我和林也高兴了，那就干呗。周狼下一句话扼杀了我们没有来得及挥发出的兴奋：就是时间紧了点，全都是这个月内完成。

那咋办？啥咋办？临时招聘呗。具体说来就是以招聘的名义，试用期一个月，等这批活做完，再找个堂皇的理由把人都打发掉。这叫吃骨头不吐骨头渣。私下里我还有个想法，如果能够碰上个对上眼的女孩儿，那不顺嘴叼了？

周狼听我一说，脸上那褶都成了双，脑门亮得能晒出油来：还是大学生的智商高呀！于是就开始发布招聘信息、选人、布置工作，一切都按部就班地加着班忙着碌。马上，时间和进度都接近了尾声。多亏了这批精兵强将啊。周狼在下班的时候把我和林叫到一起，商量善后事宜。

其实我和林早就通过气了，建议老板从这批人中留两个女孩下来，以减轻我和林"日夜兼程"的重担。我私下里也看好了一位叫颖的女孩儿，人漂亮，聪明能干，事事可独当一面。更为重要的是，她符合我的那个"对眼"的标准。

周狼听完我们的建议，点点头：嗯，我也这么想。咱们都是英雄——所见略同哈！周狼说：那就这样吧，那两个女孩就留下了。

我一听，心里那个激动，差点叫出了"皇上圣明"的话来。

接着周狼又说：今后咱们实行基本工资加提成的管理办法。基本工资要少，每笔业务完成后你们四人按量提成。如何？我心里赌咒：我操！还能如何？以前是一锅饭两个人吃，现在是四个人吃。……

两年后，我的文化公司恶狠狠地吞并了周狼的公司，连同颖和颖掌握的所有的业务关系。

# 归 零

方白成舒展地躺进去，四肢抻抻，黑黢黢的脸上似乎平静了许多。你说身下压着厚厚一层钞票，是个啥样的感觉？百万金买得这样一种瞬间的感觉，过后又回到了从前。

在父亲苟延残喘之际，方白成想出唯一的两个字就是：风光！希望父亲带上累身的财富到那边去见自己的妈，让一辈子苦心操劳备尝艰辛的妈也享享有钱的福分。由不得方白成不想，母亲临走的时候只穿了三套衣，八分厚的棺木，两遍黑漆。为此，如今的方白成给父母亲准备的合葬棺木有棺有椁，一水的寸五板，棺头镏金走线，椁有两米宽，铺陈开来犹如一张大床。这样的棺椁人抬是肯定不行的，方白成又定做了一挂华盖玉顶的大马车。墓地早已造好，一松柏环翠的小青山，依山势掏一洞穴，洞穴里有石桌石椅石沙发石灯台，连电视机电脑电话都是石的。墓穴外是三进石阶，每一进都有铸铁香案伫立。站在墓外的平台上，可眺望前山村和前山村伸向远方灰白白的土路。方白成贴近木乃伊似的父亲说：人家乾陵也是这样建造的。哪个百姓的坟头能比得上咱们的呢？父亲吭哧了半天，指着儿子只说了一个字儿：钱。方白成忖默半天，明白了，就花巨资买了千万元的仿真纸币，在棺木里铺了厚厚的一层。

七姑八姨都堵上门来借钱，方白成不得不把自己"蒸发"了。已近黄泉的父亲随时要驾鹤西去，初一躲了，你能躲过十五吗？这不，方白成前脚进家门，叶儿姨的大嗓门就伴随着树上的黄叶飘进了院子。叶儿姨曾用一碗糊糊疙瘩救过方白成的命，张口要借十万给表兄弟做生意的要求也不为过。方白成只好先把手头的现金给了叶儿姨，其他容后再补。叶儿姨虽不十分情愿，还是很认真地慰问了方白成的父亲，又匆匆地飘出了小院。

方白成实在是不想高调，捐款的唯一条件就是不录像不拍照和不签名，可是有小报记者偷偷地跟踪，把他的情况搞得一清二楚。报上有字电视台有影，方白成不想对号都不成。市县乡各路诸侯前来找方白成学习和拉赞助，把个前山村搞得烟尘四起，方白成备了七七四十九桌流水席打发了全村的老少爷们儿，这才摁下了葫芦。方白成的脸更黑了，还是"蒸发"吧。

拿到了这笔巨款，方白成的手都是颤抖的，浑身像打了摆子。他哆哆嗦嗦地给柜台里的小姑娘说了好几遍，才表白了取一万元现金的意思。方白成打了一辆轿的，奔金百大采购了全身的行头，又到平日里只能张望的大宾馆定了一豪华套间。当方白成交出了定金，柜台里先生小姐的笑容才真的舒展开来。痛痛快快地洗了热水澡，抹去大镜子上的水雾气，照照，黑脸黑的还是很滋腻的嘛，再把通身赤裸裸地撂在大床上，方白成才觉得身边少了一个温软的尤物。带秋妮儿来开开洋荤该多好啊，可惜她现在已是铁拴他妈了。唉，当年如果有这钱，自己也就是天之骄子了，秋妮儿能跟别人走么？给乡里母校捐一笔款吧，尽尽心。

那张小纸片从机器里吐出来，方白成就递了那张纸币过去。在这改变方白成命运的一刻，方白成是无奈的。方白成坐公交车没有一元的零钱投币，也就无法按时赶到试工的场地。方白成不想丢掉这个机会，500元的工资还是很诱人的。方白成手里捏着50元的纸币，跑了好几个店铺都换不来零钱，老板疑惑地看着黑黢黢的方白成，再审视那张纸币，说你买我的商品我才有义务给你换钱。茫然间，方白成就看到了这间彩票点。机选一注？看不看？不看。方白成把那张纸片胡乱塞进裤子口袋，认真理好找回的零钱，留出了一块钱，其余的放进上衣口袋，用手按按踏实。

方白成木然地蹲在路边，看人流车流欢快地来来往往，脚下放了一个牌子叫卖自己。上衣贴身口袋里只剩了50元的纸币了。

# 圣安东尼奥唱起国际歌

　　琳子是我的铁哥们儿，属于拍了我的头她就晕的那种。

　　琳子的父亲和爷爷都是老布尔什维克，被琳子简称为"老布"和"老老布"。老布们不承想，自己悉心培养的琳子找了个西方国家的洋女婿，就气坏了。老老布把罩在头上的棉军帽一抓，倒扣在桌子上，拗着皮松筋突的脖子说：不中！老布则把左手卡腰右手往下一劈：哪来的回哪去。把那金发的洋人晾在院子里看蚂蚁上树，吓得琳子出国几年不敢带自己的洋女婿回来。

　　也许耐不住思乡之情，琳子带着自己的洋女婿从里斯本回来了。回来的当天，琳子请我去牡丹大厦坐坐。我也好奇，琳子的洋女婿是个啥样的人呢？虽然琳子在电子邮件里不断给我描述她的洋丈夫，也看过他们幸福地依偎在一起的照片，可百闻还是不如一见。

　　琳子一见到我，疯了似的与我抱成一团。好一阵琳子才不好意思地朝后面笑笑，包房里沙发的一端，站着个瘦俏高个的老外，金色的卷发，粉色的脸庞，高耸而骨感的鼻子。圣安东尼奥，我的丈夫。琳子又对圣安东尼奥说：阳启，我的哥们儿。单位的支部书记。哦——，同志！亲爱的同志。圣安东尼奥张大了臂膀，似乎想与我拥抱，两臂夸张地走到半道，复又向我伸出右手。圣安东尼奥还是个葡共党员呢。

　　席间，我与琳子喁喁私语。

　　这回回来——我朝圣安尼奥那里努努嘴——老布们通了？

　　琳子说，嘿！那国家不就是个家道中落的老牌什么国家么，按成分划分至多也就是个中农，值得老布们大惊小怪?! 要不是妈妈在越洋电话里声泪俱下，我还真下不了决心现在回来，与老布们沟通不也得寻找战机么?!

我扑哧一声笑了：还战机呢。拿下了?

拿下了。不拿下我还能稳稳当当跟你在这儿磨牙? 这一回回来，圣安东尼奥闭门羹没吃，可还是给晾了鱼干。妈妈把圣安东尼奥让进了客厅，老老布和老布各自在自己的卧室里不出来接见国际友人（老妈语）。我本来在飞机上——不，在外几年时间酝酿的满腔热情对老布们表示，如今却落了个空。退一步，我是自己人，受冷落不要紧，还有圣安东尼奥呢。就在妈妈里外进出团团转我眼泪都快要出来的时候，忽然听到了低沉的《国际歌》旋律，不错，是葡文版的《国际歌》，是从我的老公圣安东尼奥的胸腔里发出的旋律。

……

这个时候我们家安静极了，只有圣安东尼奥轻轻唱出的浑厚的旋律在回荡。我痴痴地看着弓腰坐在沙发上的圣安东尼奥，他的粉脸布满了深情和认真，唱着唱着直起了他细长的腰，眼睛看了沙发对面墙上的世界地图。我的眼圈忽然红了，虽然我出生在这样一个家庭，也在党旗下宣过誓，这《国际歌》对我却有些新鲜了……英特纳雄耐尔一定要实现! 葡语的旋律里有了中文的单词，那是老老布和老布苍老沙哑的和声。不知啥时候卧室的门开了，两位老人走了出来。

老布们还交代我，如果这个洋同志敢犯政治错误和生活错误，你就去找葡共组织去。人到哪不都得组织管么? 说完，琳子看着她的洋老公嘻嘻笑开了。圣安东尼奥的汉语有限，只是看着我和琳子平静地笑着，有时还朝我的丈夫伸出一个大拇指。

我也突然汗颜。在回家的路上，我问丈夫：你有多长时间没有唱《国际歌》了? 丈夫竟张了张口，没有说出个子午寅丑来。

# 你是方羽吗？

初春时分，柳枝已绽出了粒粒鹅黄，沿河的洛浦公园里嫩绿啾啾。方羽与女友路远坐在和煦的阳光里，望着粼粼洛河发呆。方羽终于下了决心，去把鼻梁垫高。

方羽有着一个魔鬼的身材，修长、挺拔，凸凹有致。这个身材足以使她骄傲地面对与她一样青春的女孩子。可是这骄傲却被路远的一句话轻轻地打了八折。路远说这话的时候也许是无意的，可是无意的话更为使方羽沮丧。路远说：其实呀她们都不如你，也就一个鼻梁好像挺些，摄影家们挑剔了。路远说的是上午方羽们做摄影模特的事儿。

方羽回到家，一头扎进自己的卧室对着镜子把自己的脸上上下下仔细端详过，越发觉得自己的鼻梁是不够挺，过于圆润了，从摄影的角度来说，是有些缺乏层次。方羽决心整容，把鼻梁挺起来。有个广告词不是说吗：女人，挺起来好！

经历了钻心的痛苦和对新生的期待，方羽带着挺直的鼻梁与同事李静坐在了夏风和畅的洛浦公园的柳荫下。在姐妹长姐妹短之后，李静突然乜斜一眼方羽的脸庞，无意地喃喃道：鼻梁挺起来就是骨感多了。就局部来说，堪称精品，可是美是协调和谐的……眼睛似乎缺乏了些韵味。

方羽在镜子里揣摩，越揣摩越觉得自己的眼窝就是显得平淡了些，没有特点。方羽决心拉拉眼皮做做眼窝。

有着凤目和娥眉的方羽与同学朱晶晶坐在了树影婆娑黄叶遍地的洛浦公园，望着洛河水面上的游船，心里如游船犁划开的波浪欣喜外溢。

但是也就是几分钟的时间，朱晶晶的一句话把方羽的欣喜给轻轻地打了八折。朱晶晶期期艾艾地说：其实……女人的性感体现在嘴唇上。你想啊，那个男人不想通过女人的嘴唇传达爱意呢?! 所以就特别注意女人的嘴唇哩。

方羽知道自己的嘴唇些微骨朵，如果不刻意去看倒也显现不出来，而朱晶晶一说，仔细一看倒真是那么回事。方羽决心纹唇。

当大地旷野树枝和河流都瘦俏了的时候，方羽款款地与男朋友马钢盘桓在洛浦公园，心中充满了柔情与被展示的期冀。马钢捧读着她的脸庞时却说：细节不错，每一个细节都很炫。乖乖，如果把下颚和圆润的脸庞也做一做，这样整体效果就会更明显了。男朋友的一句话把方羽再次送进了美容院，抽脂拉皮，打磨出了凸的骨架，脸型也做成了鹅蛋形。

整个过程的痛苦已经不算什么了，对于完美的期待已无可比拟。现在方羽已经成为了一个"崭新"而又完美的方羽，虽然身份证上还是以前的方羽，"她"只代表了她的过去时。晚上与男朋友马钢在同居的房屋里缱绻，共同憧憬着未来和他们的下一代。夜半猛地惊醒，男朋友马钢瞅着陌生的方羽的脸问：咱们的孩子会这样完美么?"崭新"的方羽无法回答这样一个深奥的问题。

现在，凡是熟悉方羽的人们，都要问问：你是哪个方羽? 你还有哪些地方是真的? 方羽独自踯躅在阴霾下的洛浦公园，寒风吹来，洛河闪烁着的碎光，使河面白花花的一片。水面上的泡泡一个接一个，寒风掠过，泡泡一个接一个地破灭了。

# 请你吃饭

　　备桌容易请客难。老辈人传下来的话虽然有些匪夷所思，却也不虚。你看啊，当你带有某种功利性的目的请别人来吃饭，别人给不给面子，自然很难说。没有三番五次地电话或登门邀约，贵客很难按时赴席。"备桌"呢？只要舍得出银子或者力气就行，都是自家身上的。

　　李子就遭遇了一回请客难的事情。

　　这一日，李子下班出机关大门时已经是夜幕垂下华灯初上了。李子正往家走着，看着道上车灯闪烁的车流突然就不想回家了，没有任何理由。得，不想回家也得吃饭呀！那就吃饭。可是李子是个极喜欢热闹的人，一个人吃饭无异于喝闷酒，了无生趣。如果有两个狐朋狗友相陪，喝二两革命的小酒，胡吹海喷，也不失为一个愉快的夜生活。于是李子就坐在了聚合酒店的大厅，给狐朋和狗友打电话。

　　狐朋呀，我是李子。电话里听得见狐朋正在"吧唧吧唧"地咀嚼着什么。听说请吃，狐朋大喜：你咋不早说呢，这不，我刚端上饭碗。喝二两喷喷？那中！我马上就赶过去。请吃不到那才是傻呢。李子刚想挂电话，狐朋在那边又叫起来：哎，李子，该不是催着我还借你的那5000元钱的吧？这一阵子我手头紧，再缓些日子。啊！对了，刚才你嫂子说晚上还要出去有事呢，我就不过去了啊，过几天我请你。吧唧，狐朋挂了电话。李子狠狠地说：小样！

　　那就给狗友打电话吧。

　　狗友也是在回家的半道上接了电话。接到李子的电话，狗友先是嘻嘻笑了，后是粗着嗓门说：哈哈！今儿你咋闲了？老伙计，咱俩谁跟谁呀！就那点破事，搁咱手里还不是五指抓田螺。嘿嘿！你请放心了，就不必再破费了。李子一愣，什么事儿呀？前不久狗友带了人来找李子，非要李子办了件在原则圈子边缘的事。事后两个老朋友还相互拍了肩膀，算是啥都有了。莫非狗友把主宾给搞反了？李子急得脸上一阵赤白，想叫对方解释解释，对方一声拜拜，收线。妈妈的这个狗友！以后再找他算账。

穿着旗袍艳若桃花的服务员已经站身边有一阵了，执笔等着李子点菜。

李子想，干脆叫陈皮吧。人家是杯酒释兵权，咱用一顿饭冰释潜在的矛盾联络感情还是划得来的。一个办公室的陈皮在上次的公务员测评时给自己画了好几个不好的勾，事后从坐在陈皮旁边的人给传了出来。李子好一阵气恼。那是怕自己风头超过了他陈皮。你陈皮那点破事儿我在大街上碰到了多次，从来就是埋了脸过去了，也从来在背后没有议论过。为长远计，花这点小钱还是必要的。陈皮呀，是这样，我请你出来坐坐。咱弟儿们在单位都是……什么？绝对没有正经事，随便坐坐，……没有别人，就咱们俩。你和那谁？我真的没有看到过，别人那都是瞎掰。我咋会用这事儿来绕你呢？想歪了不是……电话里传来"嘟嘟"声。

窝囊！

饭还真得吃，肚子真的饿了。我只好给芳芳打电话。芳芳是我们眉来眼去了半年才走到一起的，我们俩吃遍了这个城区所有有特色的饭店，为拉动内需做出了微薄的贡献。那份激情，啧啧！李子脸上柔情万分。芳芳，亲爱的。我请你吃饭，就在牡丹广场边上的聚合酒店，不见不散。什么？做好饭了。来吧，今儿咱高兴，做好了就叫它剩在那儿，你老公不就是用来吃剩饭的？你不来可对不起这灯红酒绿的，想想，咱有多久没一起在外吃饭了？有大半年了吧。不舍得那一锅芝麻叶糊涂面条？唉，这个女人！

连芳芳也约不出来。我的老婆！

# 上门推销

　　我一天进过 43 家住户，平均每户上 10 个台阶，这是什么概念？我第一单生意做成，是在三天后，也就是连续跑了 100 多家，吃了 100 多个白眼，听了 100 多个冷冰冰的谢谢，之后，才做成的。这些只是过程，成功才是目的。上门推销，没有这点承受能力和思想准备是不成的。

　　张了然听着台上的副总裁、大自己十岁的学兄侃侃而谈，暗自决心把本科毕业证揣起来，象学兄一样历练一番，干成大事。

　　第一次做上门推销，张了然也不期望这第一次有什么成效，但是过程必须有。于是张了然就漫无目的地在街上晃悠，肩上的包却不轻，里面是演示用的笔记本电脑和公司出产的译通软件。当将来自己以一个成功者的身份象学兄一样讲自己的传奇经历时，这第一步的心绪可是非常重要的哩。

　　从哪里开始自己的第一步呢？

　　张了然下意识地想到了自己的手机号码：13303791045，那就向前走379 步，进社区。社区门口有一摊人在下棋，两名一胖一瘦着灰色制服的社区保安也凑到跟前支着。张了然从保安身后走过，又寻到了 10 号楼，进 4 门，上 5 楼。

　　防盗门是虚掩着。这主人也太粗心了吧？张了然犹豫片刻，还是举手敲了三下。过了一阵里面的门才呼啦地拉开，门后闪出一个光头汉子，大汗衫。

　　汉子凶巴巴地问：干啥呢？

银手链

张了然急忙拿出光盘，举举：你们家有中学生吗？孩子为外语学习犯愁吗？这是一款集译、读、忆于一体，功能齐全，设计前卫的应用软件。这是我的第一单生意，价格打八折。我希望您能喜欢。张了然怕对方吐出一句冷冰冰的谢谢，就一口气把话说完。

那光头的脸上仍然是冷着，只是本能地把身子往一边趔了开去，好像想让张了然进去。张了然的目光看到了更多的屋子里面的场景，茶几下面的抽屉拉开了一大半，里面翻得乱糟糟的。从露出一个角的卧室里看到，柜子门大开，衣服散乱地俯卧在地下床上。尤其是茶几上还有一把弹簧刀，闪着银光。

光头又凶巴巴地问：多少钱？

35 元。先试用。如果效果不错，再付 35，升级为正式版。

光头的手从屁股后面哆哆嗦嗦地摸索了半天，掏出了皱巴巴的几张票子，拈了拈，给了张了然。张了然心头一阵暗喜，第一单生意这样做成了？张了然又赶紧递过去一个本子和笔。

光头不耐烦地问：还有什么事？

留下电话，好跟踪服务。喏，这是我的联系电话。谢谢对我们的支持！

张了然心满意足地下楼，只听身后的防盗门"哐嘡"一声，重重地关上了。

是真的吗？还没有来得及品味推销中的那些冷言冷语呢。张了然捻着那几张纸币，脑海里出现了凌乱的房屋和闪着银光的弹簧刀，莫非这光头不是房间的主人？那是什么？张了然头皮一阵发麻，急忙跑到大门保安处，如此这般一说，周围的人神情顿时紧张起来。胖保安一挥手，带了几个人随张了然上楼。

上到楼梯半道，保安接了一个电话，嗯哪着，意味深长地看了张了然一眼。

保安敲了门，开门的仍然是那光头。光头看到了保安身后的张了然，恶狠狠地手一指：就是他！贼眼咕噜乱转……这时，卧室里有个女人在

41

嘟囔：干啥呀？出门换个衣服也不安生！在光头的背后闪出一个衣着光鲜的女人的脸。

胖保安谦恭地哈哈腰：刘先生，对不起。好像是一场误会。

张了然跟了胖保安下来楼，在楼栋的拐弯处看到一张告示：……防止假借上门推销实施抢劫！

胖保安愤愤然地问张了然：你是怎么进来的？

# 玩玩手机，及那端的男人

有了手机的感觉真好。晶晶把玩着蓝色盈盈的手机，由心由肺地感觉到。

即使是你身处荒郊野外天涯海角，手机这无形的拴狗绳就把你拴在了你曾经所在的社会和人际圈子这桩子上，嘀嘀，偶尔给异性发点暖昧荤荤的短信也堂而皇之。眉清目秀的晶晶也想短信聊聊天，交个意外的男朋友，为什么不呢？闲着也是闲着。

晶晶随便摁了几个数字，是在广告上看到的。当然，是贴在电线杆上的那种野广告。

乖呀，想你了。不会早就把我忘掉了吧？发个短信逗他（她）玩玩。

你？你是谁呀？

哈！对方很快就回过来了。看来人都是有好奇心的哟。

伤心！真的把我忘掉了。糊里糊涂爱上你，胡搅蛮缠拥抱你，乱七八糟抚弄你，一生一世缠着你。爱得深如大西洋底。

亲爱的，你是谁呢？非逼我去记忆深处犯罪哈！

嗯，有门儿。再钓一钓。晶晶淡然一笑

哦，MY GOD！我怀疑我对你是否值得去动情地爱。在我从记忆深处把你的脸庞捞起来的那一刻，我就知道是这样的结局……555555

过了大约五六分钟，蓝盈盈的手机静默着。是不是对方不想玩了？

突然，草原之夜的音乐深沉地响起来了。正是这个电话。这些男人啊！晶晶撇撇嘴暗自笑了。

喂，你是谁呀？报一下呗。一个深沉的带有磁性的男中音。

我是谁？你还想抱？你这男人花心大萝卜哦，要不就是揣着明白装糊涂。说！有几个相好的？

嘿嘿！不好意思。但是……

没几个相好的咋会连我的声音都生分了？我的一腔柔情都奉献给了你，我咋在你的心里没针眼大的位置呢！

嘀嘀，小……别生气，我的心为你而脉动，我的血为你而欢畅；大西洋有多深，我对你的情分就有多深；上海明珠电视塔有多高，我就敢跳多高。

我就……，呸，不给你说。听了这么长时间也没有听出来，生气了。挂了啊。晶晶微笑着嗔怪着。晶晶可以想象出手机那端的男人苦苦思索满脑门子官司的样子。

别……别！我请你吃饭好吗？

嗯，今天……我还有点事儿。晶晶需要紧紧对方，钓得再牢一点。

如果不是性命相关的事，咱就放下。吃饭是重中之重。咱们有多长时间没有见面了？哈！

这……嗯，可以考虑。

十点半，温州小吃城大门见。你离这里不远吧？

倀倀，不远。晶晶心里有些激动了。钓出来了，该给伙计们打个招呼，准备准备。

晶晶把自己很是涂抹了一番，对镜子照照，凸凹有致，唇红肤白，竟然有些妖媚。晶晶对自己这个样子很是满意。

晶晶来到温州小吃城大门的一侧，装着打电话的样子，眼睛乜视着大门。

我来了，你在哪里？晶晶看了手机，是那男子的电话。就边接电话边扫视周围，在离晶晶一百米的地方有一男子边打电话边东张西望。

晶晶嘴角露出一丝冷笑。

我早来了。你是穿什么衣服？哦，牛仔裤，灰上衣，平头？

　　晶晶迎着那张貌似堂皇的脸走去，嘴角挂着嘲弄的笑容。对不起您了。晶晶心里默默地念叨着。

　　晶晶斜靠在办公室的那张椅子上把玩着蓝盈盈的手机，间或看着墙上新挂的一面锦旗。锦旗后面是一个诈骗集团的覆灭和数百万群众资金的挽回。

# 我是个什么样的人？

下了楼，迎面碰到老孙头扭着身子从外面回来。晨练哩？嗬嗬，上班？我们相互点点头。遛狗呢？嫂子。我谦恭地对同一栋楼的主任夫人打着招呼。

匆匆穿越马路，一辆货车突然云遮雾罩般将我裹胁。转瞬间，那个叫庄度的人的躯体支离破碎地躺到了马路上。过马路，左右看。一站二看三通过。幼儿园漂亮老师那清脆圆润的声音在我的头上盘旋。肇事货车呆呆地停在不远的地方，看热闹的人群如蚁觅糖似的麇集一团。

我肆无忌惮地穿行在人群里，听到人们说啥的都有。有叹息，有惊奇，还有人认真隐藏着的欣喜：刺激！老孙头摇摇头：刚才还打了招呼的，咋说没就没了呢？主任夫人夸张地说：一大早他就神气阴晦。打个招呼脚步都不舍得停一下，急着……说到这里她左右看看，闭上了猩红的嘴。

庄度的躯体已被搬走，人们渐渐散去，如在生活的长流中激起一点浪花，之后，复原如初。

我不甘心就这样飘往浩渺幽深之处，……

老甲刚刚打扫完办公室的卫生，坐下来啜口茶，小乙就急急忙忙地奔进来叫着：庄度出车祸死了！老甲微微一震：真的？多好的一个人哪！谨小慎微，对谁都是不笑不说话。好人！好人老庄！

小乙把嘴一撇：好人？巴结领导有些过分了吧。上次领导把"流连忘返"写成"留恋忘返"，他还考证出个子丑寅卯来。这种人……啧啧。

我一颤，一阵风将小乙桌子上的文件吹落了一地。

我又飘到朋友哥们儿大Q的卧室，两口子正在叹息。大Q老婆说：人呀，脆弱！多么一个自省无私的朋友啊，咱去借钱，人家庄哥从来没有打过绊。君子。

大Q咬着牙：君子个屁！上次单位里考核后备干部，画圈。关键时候他毫不利人专门利己，在我与他之间，他照样是取他舍我。人哪，做一点坏事并不难，难就难在做得神不知鬼不觉。

我气愤地在大Q的卧室里旋转了一圈。呸！做千件好事不如一次对不起。

我看到老甲小乙以及一班朋友同学都在操办我的后事，大Q和他的老婆陪着我的老婆抹泪。人们都在等待，等待着我化为一股青烟，算是又办妥了一件事。庄度从此就成为过去时，人们再提起"庄度"：以前庄度……那个时候庄度……我最后一次见庄度……

网友天堂瑞瑞这小子正在沉痛地上着网，并第一时间在我任版主的论坛发布悼念帖子。一时间网友们跟帖如云，男马甲悲怆，女马甲555……。甚至还有人说庄度的死给论坛带来了新的激活点，跃跃欲试的网友等待填充庄度离去的空位。我心里默念：还是虚拟世界好啊。可是还没有过两个小时，悼念我的帖子迅速地沉到了底，论坛里又开始了选谁作斑竹的灌水与拍砖。

还是回家吧。家里幽静，小狗皮皮似乎嗅到了我的气息，焦躁不安地来回转动。皮皮嗅到了茶几上的手机，那是我老婆的。老婆的手机上有一条信息：六点半，天堂咖啡馆。老婆为了约会，匆匆地连手机都遗忘了。我赶忙也飘往天堂咖啡馆，只见暧昧的灯光下，老婆依偎在一个陌生的男人怀里。老婆似乎有些悲切地说：他虽然不是一个伟岸的男人，但也算是个不错的丈夫。他酒后乱性与小姐稀里糊涂地有了一回，其实我不知道也就算了，可他为什么要特诚恳地给我说呢？这咋能不叫我恶心?!

陌生男人暧昧地笑起来：古时的庄子给他的老婆交代，待他坟头上的土干了，就可以重新嫁人了。埋葬了庄子后，庄子的老婆就拿了扇子天天在他的坟头上扇扇，希望土早些干。你这个小乖乖咋的了，恐怕庄度的骨灰还是温热的呢。

有人说这社会只有两样是真的，女人的单眼皮和狗对主人的忠诚。是么？

我是什么样的人？我糊涂了。看来尘世的烦恼还是留给尘世吧，另外一个世界也许是清凉的。

# 大申和他的功章

　　我和大申是战友，是那种同啃过一块压缩饼干、同蹲过一个掩蔽部、一块往外放枪放炮的地地道道的战友。

　　大申原来是我们营里的事务长，个儿只有 1.65 米，黑黝黝的脸庞，像个农家子弟。

　　大申爱吹牛，吹得云天雾地。大申说：我爷爷原来是土匪，被北伐军收编了，成为革命军人，现在是政协委员；我爸爸也当过土匪，被红军整编了，成了老"红军"，现在是……；大申眨眨眼，狡黠地停顿了下，继续说：我一开始参加革命就比"老子们"正牌，是正规军哩。接着大申叹了口气：就是没有打过仗啊。

　　人们自然有几分疑惑，有好事者去师干部科一打听，大申的档案里果然有这么个在军区当首长的老子，惊讶之余，人们自然当刮目相看了。

　　部队接到命令接替南部边疆老山的防务。打仗的机会来了，大申不甘于当事务长这个角色在后面搞后勤保障，要真枪实弹地和敌人面对面地干一场。要知道大申的"老子们"都是从枪林弹雨里滚爬出来的啊，和平年代的军人能有几回上战场的机会？

　　大申是这样想，可是临上战场了，那里又有空位置等着大申呢，有一个空位置人家抢都抢不及呢。大申和营首长们死磨硬缠，又到团、师找了领导。领导在百忙之中给营长打了个电话，营长挠挠头，给大申安了个营指挥所的"卫士长"。

　　大小是个官的大申领着几名十七八岁的通讯员用空罐头盒在"营指"

周围设置了警戒线，布置了夜间的哨位，还规定了暗号、信号。大申领着这些小伙子在"营指"的旁边还挖了一个如同地道般的山洞，山洞呈弯曲状，子弹和弹片不能直接射进洞的里头，备做紧急情况下使用。大申说：狡兔还有三窟呢。营长就不由地发出赞叹：还是军人世家呀！

大申时不时提着长短枪在"营指"的四周转悠转悠，俨然如一方酋长在视察自己的领地。但凡营长外出看地形或去开会，大申便全副武装亲自前去护送。一路上，大申时而前后，时而左右，稍有动静，便做出用身体护卫营长的架势。

私下，大申曾向我透露过他的目标：立个正经八百的战功，回去向"老子们"也炫耀炫耀。

可是一个多月过去了，敌特工从来没有光顾我们"营指"，营长外出时也总是平平安安的。大申好不怅然。

立功的机会就在这惆怅中一点一点地溜走。

大申立功的机会终于了来了。那是一次大战的前夕，对方对我们这一块常有人员出入、有多路电话线的地方感了兴趣，就派了特工来探虚实。凌晨时分，警戒哨位发出了信号，大申指挥着人员安预定方案展开了搜捕行动。

狡猾的特工打了个照面就不见了影子。在我们的土地上就是心虚啊。大申带着人员搜索了很长时间，没有蛛丝马迹。这狗日的跑哪里去了呢？大申琢磨着附近能藏身的地方没有了，如果说有，那就是那个地道般的山洞了。大申急忙带人到了那个山洞边上，经过仔细地查看，大申看出了点道道。人肯定就藏在里面。

特工藏在洞里面，是易守难攻了。人进去是要有伤亡的。偏偏上面来了命令，两个小时后大部队就要展开攻击行动，这里的事得赶快解决。大申组织人朝里面打枪，子弹只是在洞壁上打下来一些石渣滓外，根本就射不进洞的深处。用烟火攻是有效的办法，可是风向不对呵，临时抽调鼓风机也来不及了。大申提溜着枪就要往里进，被战友们拦住了。还是想想办法吧。办法比人宝贵的生命多。

　　时间在一分一秒地过去，营长也派人来问了两回。大申急得团团转。情急中的大申从身边小李的手里抓了信号枪就往里面打，打出的红色信号弹左拐右撞地一直进到了洞的最里面，在里面直打圈。躲在洞里的两名敌方特工一看，这是什么武器呀，还能拐着弯进来。还是小命要紧。两名特工把枪扔了出来，投降了。

　　有好几天，大申都是得意洋洋的。营长说：你先不要得意，能不能立功，上面还没批呢。你是瞎猫逮了个死耗子。

　　大申呵呵一笑：死耗子不也得逮不是。只要能逮住耗子，就是好猫。

　　大战过后的一个上午，前沿暂时无战事。无根底的云雾拥裹着静谧的山峦，越加显得神秘莫测。掩体上，闲极无聊的大申和通讯员小魏在抽烟瞎侃。

　　这时，一辆边防团的物资车抛锚在"营指"的附近。不一会儿，敌方的炮弹就呼啸而来。轰隆声中，一发炮弹在离大申他们不远的地方爆炸了，在闪光的瞬间，大申似乎展开了双臂扑向小魏，也许是想用自己的身体去护卫小魏，可是浑浊的硝烟吞没了他们。硝烟散尽，大申和小魏双双倒在了血泊之中……。

　　后来，大申再没有回前线。由野战医院送至昆明总医院，后又送回杭州休养。再后来，大申被颁发了一枚功章……

# 战友老马

营卫生所的军医老马是从军区总医院调过来的。老马的老婆是杭州人，为了解决夫妻分居问题，老马不得不委屈了自己。老马情感丰富，性格脆弱，说话细声软语，动不动还爱掉个眼泪，是个有些雌化了的男子汉。有次看朝鲜电影《金姬和银姬》，老马竟抹了好几天眼泪。大申曾鄙视地说："近朱者赤，在医院那个女人窝脂粉堆里熏陶过的人都这个熊样！"

在部队往南疆开拔的前夕，我和副营长去老马家看其出发准备情况。一进门，老马两口子红肿着眼睛极不自然地起身迎进我们。寒暄过后，副营长盯住了箱子上面放着一大网袋各色食品糖果，打趣说："真是送郎上前线，礼重情更深哩。"老马讷讷道："不让她买，她非买不可，好像我就不回来了似的。"一言既出，他妻子"哇"的一声呜咽起来，继而老马也珠泪纵横……

在向前线进军的途中，沿途各族群众迎接大军、支前支战的热烈气氛令我们激动不已。在云南丘北县境内，两名黎族少女提着刚从地里拔出的几大兜花生和几瓶自酿酒，拦住了行军车队，冲着我们三鞠躬并用汉语大声祝福。我侧脸看坐在一旁的老马，早已是热泪盈眶、抽泣起来了。

一线前沿的战斗越来越激烈，步兵有了许多伤亡，老马也被抽调到了一线步兵营救护所。紧张的战斗环境，使我们与老马失掉了联系。大家虽然常常念叨着他，但提起的却是老马的眼泪。

一次战斗间隙，我和大申到"红山"——后方指挥所办事。在路过"三八"救护队的营地时，看到了一个穿住院服的军人坐在一块大石头上，望着天边的彩云在愣神。大申说：那不是老马吗？老马的脸色虽然有些苍白，胡子和头发也长了些，但神情却有了几分野性。老马一见了我们，很深沉地笑笑，倒有了些腼腆。老马紧紧地拉住我和大申的手晃个不停，急切地问道："营里的战友们都好吗？有伤亡的同志吗？……"

我和大申关切地询问："你受伤了？怎么住进了医院了哩？"

老马那一刻，眼睛又有些湿润了。老马在定了下神后，缓缓地向我们聊起了他的终身难忘的经历——

在前沿战斗的残酷，是咱们炮兵分队想象不到的，几乎每天都要见到血肉横飞。我到步兵营的事，我一直没有给老婆说，怕她受不了。一次防御战斗，前沿阵地的步兵伤亡很大，由于炮火封锁得很厉害，许多伤员送不下来。红了眼的营长向上面打电话要救护队，可是救护队就是能来，也在几个小时以后了。眼看着受伤的战友泪泪往外流血等待救护，营长把眼睛盯住了我。营救护所只剩下了我一个，能派出去的医生和卫生员都派了出去。我明白营长的意思，但我不敢面对营长的眼光，眼神向别的地方游弋。四周连续不断的爆炸声冲击着人的耳膜和神经，营长似乎轻轻地叹了一口气，叫着我的名字命令我带上急救药品到一线阵地去。我有些犹疑，营长朝我的屁股狠狠地踹了一脚，嘴里骂道：怕死鬼！不去我……小张，你把马医生给整到前沿去。小张是通讯员。我感到了莫大的耻辱，热血直往头顶冲。我老马虽窝囊，但是还没有谁这样对待我，前沿我也不是不敢去，走！

小张挎了枪紧随在我的身后。我红着眼朝小张吼，不让小张随我去，仿佛要把营长对我的轻蔑所产生的怨怒发泄到小张的头上。但小张不说什么，就是一步不落地跟在我的后面。你说我老马窝囊不窝囊，上阵地了还要让人用枪押着，这要是传出去了，传到老婆的耳朵里，我还能活人吗?！好赖我还是一个七尺男儿呀！我的犟脾气上来了。

我停下来，隐蔽在一道坎的下面。我对小张说：请你回去了，我自已能上阵地。你这样拿着枪押我上去，还不如我死了。

小张辩解道：马医生，你误会了……

我说：营长交代给你的任务，不就是把我整上阵地嘛。前面马上就要到阵地了，你回去吧。

小张张了张嘴想说什么，但是突然向四周看了看，急叫：快卧倒！

我还没有反应过来，就被一个物体重重地把我压在地下。

惊天动地的炮击过去了，周围又恢复了死一般地寂静，空气中有浓厚的硝烟味飘荡。我推了推压在我身上的重物，才知道是小张在我身上护着，胸部有一血洞在向外"汩汩"地涌血。我赶忙给小战士包扎好，抱住小战士的头急切地呼叫着。小战士微微睁开眼，断断续续地说：营长……怕你不熟悉……危险……才派……我……。

我哭了。是那种撕心裂肺的痛哭，泪水堵挡不住地往外涌。

我把负了重伤的小张安置在一个沟里，告诉他要坚持住，马上派人把他送下去。小张示意我赶快走。我背上小张的枪回头又望了望小张，上了阵地。

在前沿阵地，近距离地目睹了战友们的英勇奋战和流血牺牲，我骨子里的懦弱与胆怯一扫而光。伤员太多，我几天几夜都没有休息做救护。在战斗中，我还冒着枪林弹雨抢救伤员。后来我拉肚子和发高烧，战友们劝我下阵地。我固执地拒绝了战友们的好心。我要让营长看看，我是不是一个胆小的人。后来营长派人硬把我从前沿阵地抬了下来。这不，已快一星期了。

带有野性的老马在夕阳下如同雕塑一般，战争就是一个神奇的雕塑师。

这就是战友老马的故事。

# 你知道吕不韦吗?

你知道吕不韦吗?马高社这样问我。

马高社用轮椅推着一位老人,我也用轮椅推着一位老人,他们是一对老夫妻。我们推着他们围绕着眼前这个大冢边走边聊。暮春的阳光些微地辣,使老人的鼻梁上亮晶晶的,马高社细心地将老人的扣子解开敞怀,又把老人的袖口挽起来一层。

我说我知道,吕不韦就是编著过《吕氏春秋》的那个秦相,传说是秦始皇的爹的那个。

马高社手抚着墓碑沉思良久,才说吕不韦其实是个非常精明非常成功的生意人,他做成的最大的一笔生意就是用几百金将异人运作到了秦国国君的位上,自己还做了秦相,并拥有了秦国的半壁财富。这才是生意人的大手笔!

我频频点头,也看到两位老人频频点头。他们也听懂了吗?

马总,也就是马高社,国字型的脸,几道不深的皱褶使他充满了刚毅。中部照例突出着,举手投足颇为颐指气使,只有在面对老人时,那神态才恭敬虔诚,手势也柔和了许多。对此,他的下属敬仰着他的人品,说马总贵为身价数亿资产公司老总,却将两位非亲非故的鳏寡老人当作自己的亲人来奉养,住带小院的别墅,生活有保姆,闲暇时马总还陪老人出来游玩。这次马总陪老人看了龙门、白马寺,便顺道来到了不远的吕不韦墓冢。

只为那句话,"吕不韦"在马总的心中打了一个紧紧地结。

吕不韦的墓冢在一所中学校园内，周遭已被时光侵削了三分之一，剩余的部分用砖石圈固起来，墓的一侧还树立了一块高大的碑。马高社欲言又止，只听他喃喃自语道：异人给吕不韦的回报是国家利益啊。

有学子在读书，绕着青砖铺就的小路缓缓走着，小道旁芳草萋萋。我好像看到了三个学生在也是这样的小道上朗朗背读课文，或许还能听到他们严肃的讨论青春的欢笑。后来，他们就在社会上从事了不同的职业。一个是经商的成为马总的马高社，一个是从政的他，还有一个做了记者。无论是经商的还是从政的，都脱离不了做记者的视线。我好像听到了那个还是打工者的马高社在大雨滂沱中站在高楼顶端冲着呼啸着的上天高声喊叫：我要挣很多很多的钱……好像看到已做了小老板的马总手提淘得的第一桶金很自信地敲开了从政的他的门，将那个装有银行卡的信封随意地推向了他的面前。曾经的同窗相互凝望着，青春已逝，鬓毛将衰……这目光终于撕裂了一道心的防线。卡里的钱不多，却像团炙人的火，点燃了他潜伏在心灵深处的团团欲望。他终于也掘得了自己的第一桶金。

从此，我知道马高社发了，从政的他也发了。马高社发了可以张扬，并以此为身价去掘取更多的财富。而他发了只能掖着藏着，惧怕外人看他的目光有异。此后，踌躇满志的马总多次出入又荣升了的他的家门，也多次看到另外两双忧郁的眼神，那两双眼饱经沧桑洞穿世事，马总不由地打了一个冷战。

他终于走向了终点，生命的和事业的。曾经的同窗突然就感到了来自心灵深处的痛楚，这痛楚也许会如影随形一辈子。

临刑前，三个少年同窗有了一次简洁的对话。

从政的他问：你们知道"奇货囤积"这句成语的出处吗？

马高社的脸红了：你说是吕不韦？

记者说：还有异人。

他艰难地吐出：我的……两位老人……拜托了。

山村里的灯芯忽闪着跳了几下，渐渐熄灭了。一片枯叶随风打着旋

旋，舞了舞，终于落在了一对老人凝望着的窗台外沿……那两双复杂的眼神也熄灭了最初的灵性，日益呆滞痴傻。

马高社继续与我轻轻呵护着老人围着吕不韦的墓转，叙说着有关吕不韦的故事，还述说他们被欲望的绳子束缚的欲罢不能的感觉。

我默默地听着，思索着。我，就是那个记者。

# 十块银元

　　山子机警地跟着前面的张书记，脚步踢打着山道上的红叶，发出一阵阵沙沙的声音。秋天高阔，远釉青黛，有几只山鸡"扑啦啦"地飞过，17岁的山子拔枪想打，听见张书记"吭吭"地咳嗽几声，复又把枪按住。

　　到了红军营地，张书记接过贺军长手里的蓝荷包，脸上都是很严肃凝重的样子。贺军长说：这是请你转给省委的党费，坚持着等到我们回来。张书记认真地一笔一画地在交接表上签上：张满青。也在自己的牛皮包翻盖上写上：收到党费拾元。后面也签下自己的名字。贺军长与张书记重重地握握手，只说了声"保重"，便又把手伸向山子。山子也被贺军长的手重重握了。

　　张书记和山子站在小山岗上，看着一彪人马逶迤向西，渐渐地，一角红旗也被墨绿色的山林隐入不见了。转过身，山子发现张书记泪流满面，再一摸自己的脸，也是湿漉漉的了。张书记攥紧了蓝色荷包，对山子说：咱们走。

　　主力红军一走，四周就被白色恐怖笼罩着，张书记和山子被人追得一晚上要转移好几回。开始还有粮食吃，后来就是挖野菜掺杂着一些糙米。甚至挨饿。山子看到张书记本来就瘦削的脸成了刮刀，心里一阵紧似一阵，隐隐作痛。山子把手伸向蓝荷包说：找老乡想法买点吃的吧，你还有病呢。张书记摇摇头，把山子的手按住，一字一顿：这是转交省委的党费，咱们无权动！

　　张书记埋头看书的时候，常常被不断的咳嗽打断，咳不出来的时候脸憋得杠红。山子握枪的手汗津津的，把枪把子也浸染了。山子看着蓝荷包，几次伸手，又缩了回来。

那是一个清晨，蜷缩在枯黄的茅草丛中的山子又被张书记的咳嗽声惊醒，起身看到张书记手里攥着的蓝色荷包上有一片鲜红的血。山子揪心地疼，从张书记手里抓起蓝荷包就走。张书记叫一声"山子，回来"，走出几步的山子说：不回来，就不回来。张书记又叫了一声"山子，站住!"，山子要拐过那丛茅草丛了：不站住，就是不站住！张书记把枪拔了出来，"咔嗒"一声子弹上了膛。山子猛地站住了，好久，才转过身，两道泪珠噗梭梭地往下掉：再不买点药，你的病就很重了。还天天吃草根……山子呜咽着，再也说不下去了。

张书记朝着山子招招手，山子拉着沉重的脚步回到张书记的身边。张书记柔声地说：你把荷包打开。山子解开蓝荷包的浸油细棕绳，"呼啦"一下都倒了出来，数数，十块银元，在朝阳中灼灼发光。再扒拉，还是十块银元，每一块银元都被人的手摩挲得启明发亮。张书记把十块亮晶晶的银元拾起来，手颤颤，然后把这十块银元扣到山子的手掌心里。十块银元还带有张书记的体温，摸上去温润津滑。张书记说：这钱是转交给省委的党费……"咳咳"！留着它，就是攥在手里的希望。这钱咱们不能动，是纪律……"咳咳咳"！不，算约定吧。山子默默地靠在张书记的身边，心头又一阵热泪涌上。

那是一个惨淡的冬日，满目萧瑟，张书记脸庞焦黄已经骨瘦如柴，只能蜗居在山洞里。山子悲悲地说：队伍被打散了，好多同志哥都牺牲了……张书记突然灿烂地笑了：你看到洞口的那株茅草根么？现在枝干枯萎了，等到春天，它的根就会重新发芽重新长出新的枝干和叶子。张书记有些笨拙地把牛皮包交给山子：这个包包交给你了，你要继续寻找其他同志和上级组织。那十块银元在牛皮包上铺陈开来，一块块仍然是那样的明亮耀眼，温润舒适。张书记又在包上翻盖上一字一画地写下：党费拾块银元，移交李山子。山子也一字一画地在后面写下：李山子。

后来，张书记长眠于青山下面。

当映山红开遍了青山的时候，山子又回到了张书记身边，在山子的坟墓一侧，肃立着战友们。战友背上了牛皮包，牛皮包里有一个蓝色荷包，蓝色荷包里有十块亮津津的银元。而后的岁月里，牛皮包背在不同的人的身上，牛皮翻盖上也填满了不同人的名字。这一片坟地也越来越大，渐渐地成为一个方阵，有风吹过，松树和茅草就呼呼作响，似冲锋呐喊。

再后来，青山下的这片坟地成为烈士陵园，迎着大门是一个红军战士的雕塑，红军战士持枪，身背了一个牛皮包。在革命博物馆，陈列着一个牛皮包，它的旁边就是一个蓝布荷包和十块银元，纸卡上的持有人只写了四个字：红军战士。

 # 天 眼

　　父亲老了，老得脸上沟壑纵横，老得絮絮叨叨，行走蹒跚，全然没了当年金戈铁马的嘎嘣脆。但是他很忙，每天清晨都要对着他的孙子——我的儿子进行"军训"，什么"头要正颈要直"的，什么"站如松坐如钟"啊，过去指挥千军万马，现在不指挥个人就浑身不自在。我特理解父亲。呵呵，就叫他折腾吧，只要他高兴。

　　我也很忙，忙来忙去，就和张坤玉"忙"上了。那天张坤玉为公司取一个批件，用近乎开玩笑的口气说：宋局，咱俩有缘分啊！攀起老乡，咱们近得很呢；论起校友，您是前辈师兄；说起名字，都带有'玉'字……她还说我笑起来像绽放着的"赵粉"牡丹。

　　张坤玉总是有许多理由单独与我在一起，无论在茶楼、迪厅或者远山近水，她都给你安排的随意自然不着痕迹。张坤玉不仅脸盘姣好，身材匀称高挑，谈吐蛮有质量，更为重要的是，她从未提过什么非分的要求。我非常轻松且非常愉快地与她交往着。为什么不呢?! 我暗自感慨：这样的女人是宝哟！其实，在我的眼里张坤玉的脸上才是常常绽放着的"赵粉"牡丹。

　　父亲和我像两条若即若离的线条，运行在各自的轨道，偶尔才交叉一下，却还说，人在做，天在看。我一听就烦烦的，天能看么？父亲才不管我的不耐烦，硬要拽了我陪他回老部队转转。父亲决意不坐车，缓缓地走过军营宽敞的大道，走过一队队训练着的朝气蓬勃的士兵的大操场。我发现，父亲鹰锥样的眼神竟然有些慌乱，那些曾经火热的生活

哟……我也为他伤感。在部队的监控室里，父亲的老部下向他介绍着营区管理的现代化：一面墙上全是一排排的监控画面：大门口十字街上川流不息的车辆、人流，营区里外角落无不尽收眼底。父亲凝重地说：天眼呢。我的心里"咯噔"了一下，进而就想到了宾馆酒店，那些地方也应有这些监控设施的。后来，我一本正经地与张坤玉说起了这一点，张坤玉的玉臂环绕着我的脖颈娇声娇气地说：今后咱们少去哪些公共场所啊。

父亲与时俱进，也上了网，常常用他的一指禅神神秘秘地捣鼓着什么。父亲见我凑近，便匆匆关了页面离去。这些菜鸟级别的小伎俩难不倒我，我从历史窗口打开了父亲浏览过的页面，原来是摄影网站里一群摄影爱好者偷拍的一幅幅恋人们在不同的地方拥吻的片子。我一路浏览下来，哈哈大笑。笑着笑着，我就觉出了哪里不对劲。是哪里不对劲呢？我忧虑地对张坤玉说：如果咱们相携的场面也被拍摄下来，这人就丢大了。张坤玉撇撇嘴：那才刺激哩。看我神色不满，张坤玉又说：跟你开玩笑呢。咱们出门注意点不得了?!

长阳风光好，清江美如画。跟着这句广告词，我以出差的名义携张坤玉畅游清江漂流丹河。远离了熟悉的环境，心境自然轻松了许多，我俩玩得好不惬意。我也给父亲带了长阳的根雕，父亲却冷着脸看电视，电视画面正是长阳的旅游风光片，上面有许多游客一闪即逝的背影和笑脸。我暗地里惊出了一身的冷汗：如果我们碰巧被拍摄到了画面上，被家人、同事、对手认了出来……

我夜里辗转反侧，瞪眼看着天花板上的黑幕，看着看着，就发现生出了许多眼睛来。有鹰锥样的父亲的眼，有妻儿直率的眼，还有同事朋友复杂的眼……那些眼睛或鄙视或愤怒或嘲笑或幸灾乐祸地注视着我，把我看得冷汗淋淋。天眼啊天眼！天眼无处不在。我突然想起父亲那凝重的语气。

我失眠了，"天眼"围困着我不离不弃，直到一缕晨曦进入我的窗口。客厅里照常传来了父亲的口令，"头要正颈要直""站如松坐如钟"……

# 新囤积居奇

　　我不是一个没有大志的人，我做梦都想着要飞黄腾达，至少也能光宗耀祖吧。一位姓韩的先生说：宰相必起于州部，猛将必发于卒伍。我笃信。所以我从大学的校门出来后，就很安心地在邯郸的高速公路工地上做一名小技术员。如果不出意外，我将在未来的20年内达到我的目标——成为术有专攻的行家。如果再"野"一点的话，那就是成为专业内一言九鼎的专家。

　　结果，一个人的到来，使我的人生轨迹滑向另外一个方向。

　　这人就是吕不韦，一个精明的商人。

　　吕不韦的精明与生俱来。据说打小他爹让他去打酱油，他就要琢磨着从瓶口上抹一指头搁到嘴里咂巴咂巴；买几个芝麻饼，也要在半道上舔几粒芝麻粒。后来吕不韦成了A州小有名气的民营企业家了，但他骨子眼儿里追逐利润最大化的潜质绝对没变。据说吕不韦曾与他退居商界二线的老爹闲聊有关利润的话题。吕不韦问：种一亩地的利润是多少？他爹掐指一算：去掉人工、化肥、农药，还有请收割机等等花销，搞好了有几成的收入，搞不好还要倒贴。农民苦哇！吕不韦呵呵一笑再问：贩卖珠宝呢？他爹想也没想说：有十数倍数十倍的利润呢。吕不韦哈哈大笑，笑毕又问：如果我出钱把一个人推到咱们这个城市的最高行政长官位置上，那又能获得多少的利润回报呢？吕不韦他爹这回是嘴巴张了老大没能合上，半天才缓过劲儿。他爹连说：说不清，说不清呀！吕不韦咬了牙说：咱就做这说不清的生意。舍不得孩子套不

住狼。

吕不韦找到我的时候，已经成为了 A 州参议会的议员，对 A 州的政界那些明里暗里的事儿是门儿清。

吕不韦驾着他的宝马车到邯郸，正是炎炎夏日草都蔫头耷脑的时候，我——异人只穿了一件背心短裤头戴遮阳帽在工地上汗流夹"头"着。我莫名其妙地随吕不韦到了邯郸城里的一处高档宾馆，空调吹出习习凉风，将我浑身的汗珠子消落得清清爽爽。酒是茅台，绵软的醇香在嘴里久久不愿离去。我与吕不韦虽初次相识，但吕不韦对我说话却是十二分的知心。微醺的我听到同是微醺的吕不韦对我说：你异人可不是一般的人呢，有学历、有能力、有背景，猫在这工地上不是屈才了吗。即使将来你能在专业上有所建树，但仍然是屈才，你的才就应该在更大的平台上发挥作用。学而优则仕嘛。背景？你知道吗？你的拐弯子亲戚华阳夫人是咱 A 州一把手的内当家，一把手可是说一不二的。我认为吕不韦的确把时世洞察了，这个人生的运行轨迹也许更符合我潜意识里的欲望。其实，人和人之间不就是一个相互利用呗。于是我说：你说得道理杠杠的，不过那是需要银子的呀。吕不韦一拍胸脯：银子不是问题，包我的身上了。我不能眼睁着一个人才被埋没哟。

后面的事情不用再细说了，历史已经把这个过程演绎得有声有色。一个家谱将我与华阳夫人攀上了至亲，我也变成了子楚。而后华阳夫人的枕边风使一把手按特殊人才特殊处理的原则，促成我在短短的五年时间里实现了三级跳，并最终成为 A 州行政长官。当然，吕不韦的金钱在其中成为一条或明或暗或隐或现的主线。吕不韦自然是要索取回报的，他先鼓胀了腰包，而后又进入政界做官，最终富可敌国。吕不韦做成了平生一笔最大的买卖。

我在仕途上的顺利并不能掩饰我内心的一种惶恐，那就是好比脖子上被套了一根欲望的绳索，时时有窒息的感觉。终于，我在欲望的道路上越走越离奇，最终走进了高墙之内。我于囹圄中望着窗外的一方蓝天白云，掂量着"囤积居奇"这四个字，才发现我是"货"，是被吕不韦把玩操纵的"奇货"和所谓的"潜力股"。也就是说，我自始至终是被吕不韦玩了一把。我用我消失的生命和事业再一次证明：天下没有免费的午餐。

# 白　事

天还蛋青色，蝉妞就从被窝里出溜出半个身子来，窸窸窣窣地穿上藏青棉袄，点上烟，捂着被子歪头想起了心思。睡意蒙眬的林兴来翻身一抱，只抱住了两条滑溜溜的大腿。

西头武康的爹卧在床上有好几日了，可阎王爷就不招下手让武康的爹利利索索地启程，留在那儿情受症。武康是林兴来的外甥，白事需早作准备，他娘今后的赡养问题咋办，蝉妞当妗子的都得操心不是？

蝉妞把林兴来拧起来：死鬼！还睡呢。咱去姐家看看，得提前有个准备，别等咽了气就施急慌忙了。

武康的爹脸色蜡黄，瞪着浑浊的眼睛只能倒气了。武康娘满把抹泪，只是抓住了蝉妞"妹子妹子"地叫。蝉妞仔细问了武康棺木、寿衣和待客用的桌椅板凳、鸡鸭鱼肉等一应杂事的准备情况，回头又找林兴来。林兴来却不在身边，原来是蹲在大门外看打牌去了。看蝉妞脸色变了，武康紧跑几步把舅舅喊了回来。蝉妞伸手想拧，手舞到半空画了个弧就又收了回来，武康妈在旁边呢。蝉妞挥舞着胳膊，指点着林兴来和一应的亲戚，安排好活路，自己这才拿出一支烟。

大房厅里搁放的棺木还散发着刺鼻的油漆味，蝉妞刺溜下鼻子，问：刷了几遍？武康凑上前为妗子点上烟回答：三遍。蝉妞"嗯"了一声，一股青烟袅袅上升。送老衣兴穿七套，都备好了吧？武康扳着指头给妗子汇报：新买三套外衣，两套内衣是早先备下的，两件便衣正在缝制。蝉妞再"嗯"一声，一股青烟又弥散开。待客准备 22 桌，

主事的和掌厨的，吃的用的都已联系好了。蝉姐口腔里的青烟全漫散开来。

蝉姐心里又默了一遍，猛吐一口烟：妥了！到时候只剩下哭了。

武康他爹终于没能再熬过那口气儿来，霎时武康的院子里哭声一片。武康向老少爷们行了孝子礼，院子里起灶的起灶，扎花的扎花，贴白对子的贴白对子，人来人往便忙做了一团。

要入殓起殡了，武康扎了重孝到林兴来家磕了三个响头，把唯一的舅舅妗子请到家。蝉姐搭眼巡视了一圈，然后从跪了白花花一片的孝子贤孙中间走过去来到上房。蝉姐一看躺在床板上收拾停当的武康他爹，就执了武康他爹干枯的手嚎了两声：我那苦命的哥呀！蝉姐又捻了捻武康他爹的袖口，突然沉下脸朝着院子里的人群厉声问：武康，你给你爹穿了几套衣服？武康顿时结巴起来：七……套。蝉姐拉起林兴来来到院子里，对着众人斥责跟在后面的武康：那件便衣不中，再去买件新的。你爹养你了一辈子，这最后一场事还怕在你爹的身上花钱?！你舅也不是一布袋红薯……

蝉姐说罢，拉起林兴来拂袖就走，把个愣着的武康丢在了后面。

主事的人赶紧叫人拉住蝉姐，这边又给委屈着的武康耳语几句。

武康立马差人买了件新衣服，又重新给爹整了穿好的送老衣。武康回身朝着舅舅和妗子磕了头，屈身给妗子蝉姐递上了烟，点着，低声说：舅，妗子，你们看中不中？

蝉姐似乎无意地扫了一眼院子里的披麻戴孝的人和忙碌的人，重重地呼出一股青烟，漫延上了房顶。

哭声阵阵，白幡林立逶迤远去。这场白事办得热闹大方，很是叫村里人唏嘘一番。

蝉姐准备回家。武康唤媳妇将包好的吃食和香烟拿来，提着，随舅舅妗子走过一片狼籍的院子。到了大门口，武康和媳妇恭敬地把东西递给了舅舅，连不迭地说：舅舅妗子走好。蝉姐板脸对武康和他的媳妇说：你们俩也回去歇着。七天过后，得说说伺候你娘的事，今后不能叫你娘受症。武康下意识地看了媳妇一眼，还没来得及回答，只听蝉妞很重地从鼻腔里上扬着"嗯"了一声，就忙说：中，中！一定招呼好俺娘。

　　蝉妞拧了提溜着东西的林兴来一把，朝自己的家走去。武康和他媳妇在自家门口一直看着舅舅妗子不见了身影。

 # 传说与梦想

那个时候农村的冬天，灰墙灰瓦灰土地，一切皆在灰蒙蒙之中。即便是南边靠伊河边上的那片苇子林，也是灰蒙蒙的，黑夜了，更无人敢靠近它。

冬日的夜晚难熬，冬日的雪夜更难熬。当漫天的雪絮从天上无止境地往下飘落时，天色就重。白雪把夜空映亮，并掩盖了村庄，将白天的喧闹不知挤迫到了谁家的灶火旯旮，只余了寂寥的村庄在那里无动于衷，肃穆一片。

夜，喝罢汤的男人们聚集在喂牲口的饲养室里，撇下了尚在忙碌的娘儿们。饲养室里有熊熊的炉火，有闲喷瞎谝的高手，有温暖即逝的时光。这些都引诱着人们推开大门，踏着"吱吱"作响的积雪向饲养室里走去。后去的人会发现，人已到得不少了，缭绕的青烟从人们嘴里吐出来袅袅上升，在屋顶盘旋流淌。炉火忽闪忽闪地映在人们的脸上，黑黑的背影映到了屋顶，善言的人已在那里高谈阔论，于是后来者就自顾自地寻一料包坐了下来。有人说，朱元璋原是一放牛的……有人说，城里是三结合，造反的大旗不飘了……有人说，王铁拴家老三——三司令钻寡妇门吃咪咪……一片笑声，有知青不好意思，感觉到自己的脸皮发烧，于是也就随着人们讪讪地笑起来。

一位老者被人们尊敬地让到里边离火最近、最温暖的位置。这位老者说：夹河滩是一片肥土哇，咱们的祖先是带了一件宝物来到这夹河滩的。是不是臭老九们称之为"图腾"的那东西？一知识青年问。老者喝

斥道：啥叫"东西"？那知识青年就将身子往黑影里缩了缩。老者继续说，那宝物黑明发亮，像凤凰但又像鸡，还咻愣着翅膀，供奉在村西头的祠堂内。常年香火不断哦。清乾隆年间，伊、洛河发大水，沿途毁堤决口，荡平了多少村庄和庄稼。可是洪水走到咱们村西头，嘿！生生地绕了道。为啥？就是这宝物迎着水面，连河神都要让三分。那这宝物现在哪里？又有人问。唉，在民国兵荒马乱中没影了，有人说埋藏在南边的苇子林里哩。

提起这片苇子林，人们都静默了。多少年了，里面出了几件"凶事"，进出过的人不是生了怪病就是没了性命，从此无人敢再踏入一步。苇子林自生自灭，枯一年黄一年。前不久，三司令领人进去革命，惊叫着跑出来，住进了医院，现在还在糊涂着呢。

这一晚在场的男人们一个个心事重重的样子，连踩雪的脚也疲沓了许多。

第二天，队里的几个知青合着一伙年轻人拱队长去南边苇子地挖宝。队长不言语。但此后就有人偷偷地在那片苇子地边挖着，过了几天挖的人越来越多，由苇子地边逐步往里挖。队长仍不言语，反正是闲冬哩。人们齐声吆喝着壮胆，还把伐割下的苇子成堆地点燃。苇子林越来越小，终于全部倒下，枯黄一片，偶有苇子迎风站立着，如同经幡一般。人们在筏割过的苇子地翻腾了一冬，宝物没找到，却挖出了不少苇子根。人们都有些垂头丧气。老者和队长看着满地白花花的苇子根，笑了。队长出工分让人们把挖出的苇子根全部沿伊河栽种到了滩地里。来年一打春儿，河滩地里便冒出了一大片苇子尖。那几年，生产队苇子编席织簏的副业红红火火。年底分红时，工分的值比其他队高出了两毛多。

至今，村子里的人们还在念叨着那王氏家族的宝物。可是老者已作古，留下来的只有这传说，这事就蒙上了一层神秘的色彩。队长也老了。虽然没有了生产队的建制，但人们仍称他为"老队长"。前不久我又回到了我曾经下乡插队的地方，见到了步履蹒跚的老队长靠着房山墙打盹晒太阳。我问起了陈年旧事，老队长擦擦迷糊着的眼，嗫嚅道：啥是宝？宝就是咱的夹河滩，咱的脚下这块放屁都能肥一大片的土地呀。

# 一碗野菜清亮汤

　　叔齐弯腰把一株像野菊花的野菜剜出来，用指头捏住扑棱两下甩去了土尘，放进篮子里，又直起腰仰起布满菜色的脸看看天上的太阳。太阳耀着白光，把自己很好地隐蔽起来，所以叔齐看到的只是朦胧的一团乳白色。叔齐琢磨：我们就这样熬日子么？

　　伯夷也在不远的地方寻觅着野菜，虽然脸色疲惫，但嘴里还不断地唱着歌。这样的日子已经很久了。自从扣马谏议武王，又闻周取代了商，兄弟二人便陷入了一种绝望的思维里。能够表达自己政见的就是"不食周粟"。首阳山上长松落落、卉木蒙蒙，有的是野草野菜。野草野菜不算稻粟，野兔野鸭也不算粮食，食之何妨？

　　静夜，明月高悬。夷齐分别卧在首阳山顶舜帝庙山门前大石一侧，大石上放着一碗飘着野菜的清汤。伯夷对叔齐说：兄弟呀，这碗汤你喝了吧。当初父王拟选你做孤竹国君，我怕你内心不安，才隐匿于东海之滨。咱们是兄弟，同胞情谊呀。可是你为何也跑出来呢？叔齐说：哥哥仁义，我为何就不能呢。伯夷说，那么如今你后悔吗？叔齐略微停顿了几秒钟，说：那你对扣谏武王后悔吗？伯夷一脸正气地说：周武王的父亲刚死还没入葬，便大动干戈讨伐纣王，可谓孝乎？以臣弑君，可谓仁乎？武王不杀咱们，不是他仁义，是他理亏。

　　腹饥导致心虚，心虚致使眼花。朦胧中，伯夷看见一村姑提溜了一篮子热气腾腾的馒头，暗暗的，好像刚起锅。同时飘来的还有酒肉香。伯夷不由地深深地吸了一口气，喉咙咯咯作响，他使劲把味觉咽了下去，胃中却有如倒海翻江地痉挛起来。在孤竹国做太子，何时不是钟鸣鼎食？即使隐居在北海之滨，也无需自己亲自上山采薇呀。村姑是山下小村的，常倾慕地听夷齐谈古论今，说仁道德。村姑对伯夷说：人不吃粮食怎能行呢。伯夷摆摆手，不食周粟是我承诺的信念。君子坦荡荡，你一个村姑如何懂得我们的心呢？那馒头酒肉就叫它去吧。伯夷使劲地睁开眼，首阳山上一如凉风习习，树声如涛，哪里有什么村姑哩。

叔齐又说话了，虚弱使他的声音很软：哥，这野菜汤还是你喝吧。哥，我始终有个问题想不明白。忠孝仁义是要靠人们去学习教化的，如果咱们就这样熬着，指不定哪一天饿死了，如何去将尧舜祖先传下来的"道"、"礼"传承下来呢？伯夷呵斥道：齐呀，你学习忠孝仁义只是学习了个皮毛。信念，有的时候是需要生命来维持的。伯夷有些伤感地把头扭到一边，不去看那碗尚温的野菜汤。

恍惚中，伯夷又看到了袅袅玉立的村姑。村姑打扮光鲜，裙裾飘飘，头上还特意插了一朵小黄花。村姑含情脉脉地说：夷，跟我回家吧。我愿意服侍你一辈子，你啥也不用管，只管安心做好你的学问。难道你就不想……女人？伯夷满心羞愧。不经历女人的男人，枉为男人啊。就在伯夷不知如何作答时，想起了叔齐质疑的眼光，便正色对村姑说：我乃正人君子，岂为小人与女人所惑？村姑闻言，立马柳眉倒竖，说：算了吧，正人君子！你们置放于自己病重的父王不顾，于自己的国家和人民不顾，正人？你们在国家昌盛时出来做官，当天下大乱百姓需要你们的时候，你们却躲起来了，是君子做派吗？"不食周粟"，也亏你们这两个知书达理的人能想得出。这山上山下，那一株野菜不是在周天子的土地上长出来的？你们是真傻呀还是装傻？！

訇然如钟，伯夷仿佛被利箭射中胸膛，周身的血液骤然凝固。叔齐不知何时也没了呼吸。夜幕下的首阳山，月亮已经西垂，寒意阵阵袭来，石台上的一碗野菜清汤已经没有了热气。伯夷的眼睛不甘合上，就那样久久地望着黑夜，仿佛看不透的沉沉历史。

# 银 手 链

　　冬来了，绿色在不经意间被枯黄色替代，天也逐渐一日凉似一日。从张高与云丽坐在的这块海礁上向远方望去，海的极远处也成了灰蒙蒙的一片，与灰蒙蒙的天色连成了一体。张高此时的心情分不清是嫉妒，还是失意，还是恼怒？

　　张高与云丽谈了三年恋爱，卿卿我我了三年，A 市有情趣的餐馆和咖啡屋都被他们转了个遍。云丽是那么的可爱，那么的美，如同一个精细漂亮的瓷器使人爱不释手。

　　可是在张高毕业的那一年，云丽身边就常常出现一个叫康民的小老板。

　　还不是身上有了两个臭钱！张高愤懑，心烧得厉害。

　　成为某研究所研究员的张高今天戴了一副窄边墨镜，西装外套了一件黑色风衣，手上戴了软皮手套，打扮得很酷的样子，约了云丽来到这里。张高稳定了情绪，问云丽：咱们就这样结束了么？问着就去拉云丽戴着红丝织手套的手，云丽下意识地躲开了。张高就轻声叹了口气。云丽对张高轻声唤了声"哥"，说：咱们是没有缘分啊。以后你就做我的哥好吗？云丽的一声"哥"，深深刺痛了张高的心。张高想起那具凝香玉脂般的风情无限的胴体有了别的人在上面抚摸过耕耘过，就不由地有了把那精致的瓷器立即打碎的冲动。

　　张高迟疑着终于将手伸进自己的风衣口袋，缓缓掏出了一个栽绒首饰盒，打开，递给了云丽。白锡纸袋里是一只美丽精巧的银手链。银手链在阳光下闪着辉光。云丽心有所动，摩挲着银手链许久不语。张高取出银手链给云丽的左手戴上，眼圈有些红了，看着无际的大海幽幽地说：你既然叫我哥了，那我就送你一只银手链吧。

圣诞节的晚上，小西北风还溜溜地刮着，康民带着云丽在外面狂欢了很晚，这才回到云丽的住处。车灯直射云丽家的门洞，云丽在醉眼蒙眬中好像看到一个黑影闪过。两个人喝的都有点多了，相互搀扶着一步一个趔趄上了楼。

云丽与康民的婚礼体面而又风光地在隆山宾馆举行着。热闹的婚礼现场一角，张高神情复杂。这样一个女人，耗去了张高3年的青春和银子啊。银手链在云丽的手腕上银光闪烁，这清亮的光深深刺痛了张高的心。这个虚荣的女人，总有一天会遭到报应的。

婚后的康民和云丽得了一种怪病，总是少气无力的。开始认为是累了，休息几天就会好的，谁知接着是云丽的左手开始红肿、溃烂化脓，再下来两人的头发脱落、肚疼腰疼……原来是得了放射病，两人已经失去了生育能力，并随时会引发如白血病等免疫系统和造血系统方面的疾病。已经很虚弱的康民向警方报了案。

有一天上午，几名警察把张高请到了刑警队并宣布了拘捕令。张高不服，办案的鞠队长问：你们知道同位素——$AX_2$ 吗？你们知道同位素——$AX_2$ 的辐射力是 X 光的 2000 倍吗？你们知道被同位素——$AX_2$ 辐射了的人会慢慢死亡吗？张高微笑着问：你问得很专业。可是与我有什么关系呢？

鞠队长不再说话，戴上一副特殊的手套，从黑包里拿出一个透明精致的白锡纸袋，只露了点头，可以看出，那就是银手链。张高无言地低下了头。

又是一个晴朗的天，鞠队长到医院去看望云丽和康民。鞠队长对云丽说：云丽你提供了很详细很重要的情况，没有张高送你银手链时戴着手套的细节，没有银手链包装的细节……我还真的不好去追寻这些线索的。

面对云丽和康民疑惑的脸，鞠队长笑笑说：在本地区能拿到同位素 $- AX_2$ 的地方不多，顺着与你们有着恩怨的人群查找，张高就进入到了我们的视线，因为他的专业，他的活动范围……张高把同位素 $- AX_2$ ——一个银色的金属链让当作银手链送给你。张高为了保护自己不受辐射，专门戴了研究室里的专用手套，外面又戴了黑皮手套。当你戴了银手链后的半个多月，也就是圣诞节的前后，辐射已经在不知不觉中对你们造成伤害了。这时张高用以前配好的钥匙悄悄进了云丽的屋，拿回银手链，隐匿辐射伤害你们的证据。并用一个早已定制好的真的银手链把假银手链也就是同位素 $- AX_2$ 换了下来。

鞠队长走了，案件也水落石出，云丽却陷入到了无边的黑影里：虚荣！虚荣赐予自己的结局。今后的路该如何走呢？

# 贼　龟

　　有人爱狗有人爱猫有人爱养宠物小猪，韩子奇养龟做宠物也就不在奇怪之列了。但是韩子奇养的龟有脸盆那么大，笨重的身子晃来晃去的，这就称奇了。韩子奇很少与街坊邻居议论这龟，所以街坊邻居鲜有知道韩子奇的大龟。

　　韩子奇养这龟，比养他共同生活了七年的老婆还要尽心和周到。他原本是把卫生间里的浴缸打掉了的，把打掉的浴缸扔到了楼后的空地上。这脸盆大的一只龟，就得有它的安身立足之处呀。小桶小盆的肯定搁不下大身子，韩子奇就想到了那只浴缸，可是到楼后面一看，早被拾破烂的给拾走了。韩子奇立马骑上自行车到商店叫人拉了只新浴缸来，韩子奇的老婆看了直撇嘴：还真把这家伙当成亲娘来养哩。韩子奇听了，想收拾这个大嘴娘儿们，但一想还是先把龟安置好吧。韩子奇就恨恨地摆置浴缸。

　　有了浴缸，就等于龟有了窝。韩子奇按照别人的说法，常给浴缸换水，并且是把自来水放置两天后过滤掉杂合物的水。换过水后，韩子奇就趴在缸沿上与龟对上眼了，嘴里还叽哩咕哝地说着东说着西的。韩子奇说养宠物都是一个理儿，得经常与宠物进行情感上的交流。宠物虽然不及人类的脑子，可是在情感交流上都是相通的，更何其千年的王八万年的龟呢，想必脸盆大的龟经过的岁月比谁都沧桑得多哩。

　　相处了些时日，这龟见了韩子奇就将头一伸一伸地，小眼滴溜溜地瞅着韩子奇转，还四脚扒拉地来回游动，一副活泼的样子。韩子奇的老婆来到浴缸边上，风骚地对这龟搔首弄姿，这龟就将头缩回去如老僧入定般地静卧在浴缸底，韩子奇老婆气得大骂：死鳖！

韩子奇要出差了，一切无须操心，操心的就是这龟。韩子奇给老婆千叮咛万嘱咐，絮絮叨叨地交代了好长时间，把个女人烦的七窍生烟五佛升天，这才神魂不定地离开了家门。

韩子奇前脚离家，韩子奇的老婆后脚就一个电话把相好的引进了家门。两个人平日里都是偷偷摸摸地吃点野食，这下子放开了连着几日的缠绵，良宵千金欢娱时短，韩子奇的老婆早把那龟放到了脑后。不过在销魂之后，两人也俯身趴在缸沿上看那龟。那龟仍然是一动不动，似乎身边没有这两个人。那男人就气恼，起身跑到厨房拿了根筷子去捣那龟，谁知筷子还没有到位置，龟头就猛然伸了出来一口咬住了筷子，把猝不及防的男人差点整到了水里。水面有些混沌了，韩子奇老婆就想到有几日没有换水了，于是把自来水直接给灌到了浴缸里。

晚上，韩子奇老婆与情人极尽风流颠鸾倒凤，凌晨三时才昏昏沉沉地睡去。朦胧中，女人觉得有人在客厅里缓缓地走来走去，惊了个半死。她忙把男人推醒，两人细细听了，的确有脚步声。莫不是韩子奇回来了？可为啥不到卧室呢？不像。莫非是贼？想到持刀入室抢劫的贼，只有色胆的男人禁不住浑身直哆嗦，哪还敢出去与贼对阵呢。打"110"？不能啊，咱们是啥关系？韩子奇老婆直后悔只顾快活了，忘记了关好门窗。这男人说整出点动静来，把贼给吓跑。于是故意拍拍桌子床头柜的。谁承想外面的贼不仅不走，还朝卧室来了。二人又赶忙把桌子死死顶住卧室门。那贼就在卧室门外不紧不慢地来回走动，丝毫没有逃走的意思。看来只有报警了。

待警察包围了这栋楼，待警察喊话规劝不奏效破窗而入，待警察一干人开灯四下搜索折腾好久，才见从沙发底下"蹋蹋"地爬出一只龟来，慢慢地往浴缸踱去。韩子奇老婆与情人面面相觑……邻居们戏称那龟是贼龟。

后来，韩子奇回到家中，仍然不时地爬到浴缸沿与大龟对话，大龟仍然活泼地四脚扒拉来回游动，而韩子奇老婆却尽量与大龟保持距离，也恨恨地叫那龟为贼龟。

# 1400 年前的梦呓

子阳走后，天芸慵懒地曲蜷在沙发上，目光空洞地盯着绚丽多彩的电视画面，连遥控板也懒得拿，就那样放在沙发扶手上随意地摁来摁去。

子阳还是那个子阳。子阳还是闲暇时戴着黄色的遮阳帽，肩挎摄影包出去拍片，回来了就猫在电脑旁整理片子。如果天芸在侧，子阳便指着电脑上的图片对天芸描述自己作品的构思内涵意味。天芸说：这几年你好几幅作品不是在省里获奖了么。那幅《忙里偷闲》还上了国家级的权威画刊哩。子阳轻轻叹了一口气：少了一股大气呀。

不知是说人，还是指作品。

天芸虽然也是媒体记者，但她已经习惯了 5 年来夫妻朝暮相随的生活方式，曾经四处漂泊的子阳不也希望有一个稳定舒适的生活环境么。可是子阳还是频频外出采风，似乎漂泊的日子已经成为他生活中的惯性。这一次子阳又走了，挎着摄影包和包里的梦想。子阳说：我与刘教授到西北采风了。勿念！照例是相拥而别，可是带给天芸的是无边的寂寞和思念。

又一座古墓在六盘山下挖掘出土……突然，天芸被一幅画面把散失的精神激活。电视画面上一学者风度的清瘦老者指着侧面挖掘出来的墓坑在说着什么，戴黄色遮阳帽的子阳就在旁边忙碌地拍照。……一对骸髅相拥而卧，臂股相迭。主持人的画外音激动地有些沙哑：……面对相拥合葬已达 1400 多年的两具骸骨，人们浮想联翩：这两个曾经鲜活的生命，是夫妻、情侣，还是朋友？他们为什么这样紧紧相拥、不分不离？

天芸急切地抓起电话，可是子阳的手机关机。寂寞和孤独漫无边际地浸润着天芸。

也许是该要个孩子的时候了。天芸想。

1400年前的那个元宵节，注定使月霜铭刻在心。

月霜一袭男妆，佩挎着父亲传给她的青剑挤在人群中。场中八面大鼓排好阵势，一色的精壮汉子擂起鼓来地动山摇，声震十里。领鼓者是一身材高大的汉子，双臂肌肉饱满，只见他槌随腕动，腕随臂动，臂随身动。领鼓汉子的鼓槌翻花到空中时，随着节律略作停顿，手腕微转，鼓槌也就势翻转，红绿绸穗就旋成了一朵花。鼓者的旋律也随了领鼓者略作停顿而又一泻千里。

月霜眼不错珠地跟着鼓社走过了七乡八镇，待到拜师时，领鼓的洛子师傅看了她个头虽然不低，但有些纤弱了。可不知怎的，洛子竟点了头。晨霜暮月伊洛间。月霜深深地迷恋着洛子的精壮、擂鼓的力量和音韵的技巧，而洛子则对这清秀的徒弟亲切多于威严。洛子曾暗想，大男人何以会起了个小姐的名字？

正月刚过，西北边塞烽烟再起，朝廷下了招兵令，整个鼓社也被征作了军队的鼓队。

六盘山下风卷旌旗，沙砾击鞍，寒漫军帐。夜晚的军帐内，月霜闻听着此起彼伏粗壮的鼾声，嗅着弥漫四浮的雄性气息，不由地想起洛子的精壮和挺拔，脸上暗自浮起了红晕。

天芸在梦里呓语般地呼唤起子阳来。

惨日悬在西天，战场一片萧杀。鼓队的弟兄们遥望河洛，有人轻声吟道：关山四面绝，故乡几千里。几多的踌躇，月霜竟没有机会向洛子表达自己的爱恋。

决战开始了，战场上旌旗漫卷杀声震天。洛子领着鼓队不停地击鼓，擂出了层层热汗，鼓点疾如狂风骤雨，震若山崩地裂。将士们鼓响兵进，鼓重冲杀，鼓急枪随，鼓缓列阵。直杀得草木溅血，旌旗倒卷。一彪敌骑从侧后挺枪冲向鼓队。月霜拔剑而出，护着身后的洛子。洛子目不斜视，稳若泰山，奋力击鼓，鼓声越发的激昂欢快。突然敌骑一枪直指洛子，月霜跃上护住洛子，长枪洞穿月霜，刺进了洛子的胸膛。血如繁花般地绽开。

洛子反过身用力抱着月霜，月霜喃喃地说：我是你的女人……洛子的脸上惊喜地绽放了一朵绢花，只那一瞬。两人脸对着脸，血水模糊了两人的眼睛，幻化成了大红的喜字。

天芸惊醒了。眼帘有了泪珠滑落下来。

天芸向报社申请了去六盘山采访的计划。她要去寻找子阳，寻找那一双紧紧相拥的骨殖，寻回那曾有的激情。

天芸要告诉子阳：咱们要个孩子！

# 恨与爱的距离有多远？

恨与爱的距离有多远？少年的妞妞常常扪心自问。

已经 5 岁的妞妞学会了恨那两个人。在村头的小卖部，圆圆得意地当着妞妞的面把塑料镶花的发卡别在自己稀疏的头发上，并灿烂地朝妞妞歪着头。妞妞姐妹俩眼巴巴地抬头望着身边的那两个人，那两个人落在她们身上的却是鄙视和白眼。尽管爸爸搂着他们姐妹俩说：没有那两个人，就没有你们的爸爸，没有你们的爸爸，咋会有你们俩这小妞妞呢。

但妞妞还是恨。

寒冬腊月的天儿，西北风一阵儿紧似一阵儿地在院子里盘旋，盘旋在院子里的还有那个干涩和嘶哑的声音：母鸡不下蛋，菜狗不抱窝，做个女人不会生个带把儿的，连个响屁都没一个。老天爷哟，俺们李家的后就要断在你的手里呀！

妞妞的妈妈只是紧紧地搂着妞妞姐妹俩，无声的泪水悄悄地滑落下来，落在了妞妞的脸上，滑进了妞妞的嘴唇里。妞妞惊恐地望着窗外，那个干涩嘶哑的声音穿透了墙壁和窗棂往屋里钻。妞妞巴咂巴咂下小嘴，那泪水是那样的苦涩。

妞妞的恨是那种实实在在的恨。这种恨伴随了妞妞十几年，从小学、中学，直到上大学来到这个城市。已经大了的妞妞知道了如何去报复那两个日益衰老的人。当那双浑浊的眼光想以爱意来凝望妞妞的时候，妞妞就会把目光迅速地移往别处。妞妞在心里说：我要让你们的眼光变成一地的碎月光。当一只颤巍巍的手伸过来想轻抚妹妹的头时，妞妞就会把妹妹扯到自己的身后，让那只手尴尬地停在半空中颤抖。

姐姐就有了报复的快意。

在姐姐上了初中的一个冬至，姐姐回到家，看到妈妈在煮饺子。妈妈说：姐姐，冬至的饺子一吃呀，再冷的天儿都不会冻掉耳朵了。这话妈妈年年都说。姐姐欢快地笑了。

饺子在锅里翻腾着，如同欢快的姐姐。

姐姐，把这盆饺子给你爷爷奶奶端去。

姐姐惊呆了。给他们送饺子？

姐姐快去！

姐姐极不情愿地端起饺子往外走去。路面还有层薄冰，姐姐小心地挪动着脚步，心里乱成了一团麻。哼！我决不会给你们说一句话的。拍拍门，饺子一放就走人！这时，姐姐脚下一趔趄，一盆饺子就跌落了一地，胖胖的饺子蹦了几蹦，有几个还蹦进了阴沟。

姐姐心中快意地想：天意啊天意，这是报应！

妈妈没有责备姐姐，只是叹了口气：还真是个孩子呀。妈妈又匆匆煮了一锅饺子，端了往外走。

姐姐这个冬至的饺子吃得没滋没味的。

在姐姐上学的城市，姐姐常常看到一老一幼在绿地上嬉戏的场面。看着看着，那幼的就幻化成了姐姐自己。可是姐姐的目光流淌出来的却是怨恨。

在严冬刚刚过去的春意里，母亲的一个电话把姐姐急急地叫了回去。

姐姐随母亲来到了那两个人的病床前，姐姐看到了 11 年没有见到的两双空洞浑浊的眼神和布满老年斑和皱纹的松松的老脸。姐姐在霎那间有种想哭的感觉。

两位老人在病床上听说姐姐来了，如同树干般的枯手向空气中伸来。老人的嘴角向两边拉了拉，显得很开心的样子。他们的喉咙里滚动了几下，只发出了含混不清的音调。在松开的枯手中，两只彩色的塑料镶花发卡静静地躺在那里，塑料已经有些浑浊了。

　　妞妞"哇"的一声哭着跑了出去，口中不停地叫喊着：爷呀奶呀，我恨你们！我想你们！

　　在一个已经春意盎然的日子，妞妞恭恭敬敬地将一盘饺子轻轻地置放到两位老人的灵位前，呜咽着说：爷爷奶奶，天堂里可有饺子吃吗？

　　妞妞这时才知道：恨与爱也许只隔了"宽容"两个字。

# 妈妈，我对你说

我切菜一不小心，手指被刀划了一道口子，渗出了血珠子。

我很夸张地把手递给儿子说，妈妈的手指被切住流血了。

儿子带了哭腔，妈妈，我去给你叫医生。儿子飞快地跑出门去。

我叫，儿子，别跑得太快，小心石头。我紧跟着出了门。

牛牛和辉辉在门口玩耍，他们叫儿子一起耍，儿子喘着粗气说，我给妈妈叫医生，不要了。说着，儿子跑过了他们的身边。

妞妞和巧巧在踢毽子，妞妞见儿子跑过来，就说，涟涟来踢毽子吧，我姥姥给我的棒棒糖，给你一只。儿子脚步迟疑了一下，但是没有停下来，嘴里说着：我要……给妈妈……叫医生。儿子跑过了她们的身边。

快到医生家门口了，有条小沟，儿子一趔趄，我惊得差点叫出来，嗓子都提上来了。儿子稳稳身子，进了医生的门诊部。儿子说，我妈妈的手指流血了，叔叔快去看看。医生笑呵呵地摩挲了儿子的头顶，你看看，你妈妈来了。

儿子的个头一天天长高，比得我越来越低矮。没办法哟！

已上初中的儿子哼着歌轻快地进了家门，把书包往沙发上一扔说，《最小说》写得真好嗳。班上的同学都喜欢唱×××歌星的歌。

谁呀？谁叫×××？

嘿！妈妈真老土，连×××都不知道。

一个在厅里看电视，一个在厨房做饭。

哎哟，妈妈的手指被刀切住了。我在厨房夸张地对着厅里喊。

儿子眼睛盯着电视里的画面，说，妈，你小心点。

……

妈，晚上还要晚自习呢，做饭快点。儿子催促的声音从厅里飘过来。

见我没吭声，儿子到了厨房，拿住我的手指细细看了，只见一道浅浅的口子，发白。儿子说，我给你拿张创可贴。包上过两天就会好的。

儿子真的长成大人了，软软的胡须抹在嘴唇上，喉结也夸张地突出出来。我和我的老伙伴们私下里老是感喟：孩子催人老啊！

儿子参加了工作，在家待的时间就越来越少，有时刚一到家，一个电话又把他招走了。好不容易等他回来吃顿饭，就匆匆地说还有急事，吃过饭就得走。我就急急如律令，到厨房忙乎。

我声音很大地告诉儿子，手切住了，快拿创可贴。

儿子不在厅里，趴在电脑前。儿子欢快地叫逮住了，逮住了！

逮住什么了？

偷菜的！……妈，你刚才要什么？

创可贴。妈的手指被切住了。

不是在那个橱柜里么？咋怎不小心呢！来来来，我给你包上。

儿子不常回来，孙子倒是时常回来。孙子喜欢变形金刚喜欢奥特曼，在我的跟前把那些玩意折腾来折腾去。我夸孙子聪明，孙子说，我会做很多的事情。

我说，你说说看，你会做些什么。

孙子说，我会给妈妈包创可贴，那次妈妈手被刀割了口子，就是我帮妈妈包的。

真是好孩子，还会做什么？

打120。那天夜里妈妈肚子疼，是我给爸爸打的电话，还是我打了120。

我揽着孙子的头，喃喃不已：孙子好孙子乖。

# 肖 勇

肖勇正是傲气和不服输的年龄，好帮社区管点闲事。按社区主任的说法，肖勇也就是在相貌上出了点类，个人品质却至少拔了八分萃。好小伙儿呀！可这样的小伙儿为什么就没有姑娘喜欢呢？

不过客观地讲，肖勇身材适中，五官端正，各部零件搭配到位，顶多吧就是左颊有一长条斜形伤疤，两寸有余。喝酒和生气愤怒时，那疤痕就暗红发亮，生动而又狰狞。对于这道伤疤，仁者见仁，智者见智，看法迥然各异。肖勇从部队复员回来已有六、七年了，混到了小三十，还未成家立业，一圈儿的人都着急。

有一次，在市场上闲逛的肖勇抓了一个将手伸进一个姑娘手包里的衣冠楚楚的人。这小偷挣扎，肖勇就奋力揪住其衣领往派出所里拉。围观的人群在一片鼎沸中把面目狰狞的肖勇当了小偷，有几个拳头还擂到了肖勇的身上。如果不是失主及时挺身说明，肖勇吃苦不说，那小偷还不得溜了？

这位失主就是丽丽。

那次"救美"行动，使肖勇的剽悍威猛的美好形象在丽丽的心头定了型，那道深红闪亮的疤痕也成为有刚烈个性的有力证明。总之是情人眼里出柳郎，看嘛嘛好！

丽丽就常以各种借口去找肖勇。肖勇开始的时候躲着丽丽，当丽丽在外面叫门时，肖勇故意地不吭声。等的时间久了，肖勇蹑手蹑脚地凑到猫眼往外望去，只见丽丽就坐在楼梯的台阶上。肖勇于心不忍，动了内心深处的那点情愫。

丽丽喜欢静静地看着肖勇，明亮的眸子直看得肖勇不好意思。肖勇就用手摸摸自己发热的脸。丽丽也喜欢傍着肖勇的肩，在黄昏的夜晚挽着肖勇的胳膊沿着中州大道漫无目的地游走，认真地听着肖勇讲他当兵的故事。但是无论丽丽是如何地喜欢肖勇，肖勇就是不愿说自己左颊的那道疤痕。在丽丽的想象中，那道疤痕一定是一块光荣的印记，是一块英雄的见证，是涵盖着一场奇遇的秘密。

秋日的夜晚，丽丽与肖勇在酒吧里度过了一个两情相悦的美好时光。两瓶红酒见了底，肖勇有些醉眼迷蒙呢喃无序，丽丽白皙的脸也似桃花桃花满天飞。丽丽搀扶着肖勇向自己的独身小屋步履蹒跚地走去。

在丽丽的小屋，肖勇扑通一声地仰面倒在了丽丽的小床上。丽丽动情地抚摩着肖勇的身体，幸福地将自己桃红的脸贴在肖勇的胸膛上，听着节奏加快铿锵有力的跳动，幻想着与肖勇今后长相厮守的日子，心中不由地一阵冲动。丽丽一颗颗地解开肖勇的纽扣。

肖勇在睡梦中呢喃道：我……对不起……你啊……我懦……弱……哩……。一颗晶莹的泪珠从肖勇的眼眶里滑落下来。丽丽凑上嘴去将那颗泪珠噙住，又顺势吻向那道闪亮的疤痕。丽丽想，今晚就揭开那道秘密吧。

丽丽正在如痴如醉地吻着那道疤痕的时候，肖勇一激灵，猛地坐了起来，用手摩挲着那疤痕，那上面还有丽丽留下的唇香。肖勇的神情一瞬间沉了下来，捂着脸好一声长叹。良久，肖勇抬起满是泪痕的脸，对丽丽说：我不配啊！

肖勇整理好自己的衣服，自顾自地向门外走去。丢下了独自发愣又羞又气的丽丽。

肖勇从此去了南方，杳无音讯。

一年以后，南方某报纸头题刊登出了中原一青年见义勇为光荣献身的消息。消息中特意提到该青年的左颊有道疤痕。

丽丽知道，关于那道疤痕的秘密成为永久的秘密。

# 相约 1998

我是哼着《相约 98》与丽认识的。丽是将我变成男人的女人。

1998 年的春天，是桃花弥漫在空中的季节。读高一的我在教室的长廊里碰上了风风火火的丽，丽把我的书碰撒了一地。丽只是略微停了下步伐，随口说声：SORRY，就又很张扬地走了。恍惚中我觉得丽是个有几分妖气的女生。

后来我在校门口看到丽在送一个男人，丽回头看见了我。丽说：呵呵，还是个帅哥呢。走，晚上我请你喝茶。我的脸红了。丽很开心地拍了我的肩膀：那就这样定了。

丽是高三毕业班的，长我四岁。

丽很不在意高考，但是丽会很女人味地与我说话，甜甜地。当丽说到什么有情趣的话题，就低声"咻咻"笑笑，轻轻地向我的耳朵根儿吹气。我无法摆脱丽的女人味，与她相比，那些埋头为高考做祭品的学姐学妹，只是一群还围在母鸡身边觅食的雏儿。

我的家境还可以，允许我有些碎银子给丽买点小点心小物件。丽常常在动情的时候亲我一下，然后又是在我的耳朵根儿轻轻吹气。丽的气息使我的耳朵根儿发痒，全身如电击般的清爽、舒服和颤抖。丽说：到我家吧？我的父母出去旅游了。

那一天的下午，我和丽在丽的大床上面昏天黑地地厮混做爱。丽妩媚地牵着我的那里，挑逗地哼着：来吧来吧，相约 98，相约在迷人的床铺上……我犹如迷途的羔羊，由丽引导着进入到女性这片神秘的天地。

我迷恋丽的优美的胴体。

当我正在全力拼刺高考的时候，已参加工作的丽的身边出现了一个看样子很成熟的男人。丽对我说：你可要安心学习呵。你是男人！

在经历了滑铁卢般的黑色七月后，我很令父母汗颜，勉强上了外地的一般大学。我早早地逃离了这片令我伤心的地方。我需要躲避。

大学的生活散漫无比，百无聊赖中我还常常想起丽。可是丽已为商人妇了，我想她何用？上网是我唯一的选择，尽管对方是条狗，我也会在与其他人聊着的同时而与之聊个通宵。至于在网上结婚、离婚了多少次，我也懒得去记它。数字对我来说，是一组无情的东西。我的身体僵硬，手指僵硬，唯有夹烟的中指和食指在灵巧地翻飞着，把烟送入我噙着的嘴唇，再把长长的烟灰头准确地弹入烟灰缸。我无法忘掉丽，无法忘掉她妩媚光滑的体态，无法忘掉她结婚前最后给我说的一句话：你还需要时间把自己打磨成为一个真正的男人。丽说这话的时候，身子斜靠在床头，右手的中指与食指用优美的姿态夹着细长的摩尔，轻轻地将烟灰准确地叩入烟灰缸。

我的 QQ 里不断地加入好友，也不断地删除好友，唯有"蓝色妖姬"常挂在我的 QQ 上。"蓝色妖姬"总是夜里 11 时左右上来，是个标准的夜猫子。她上来的时候，也总是先到我们喜欢的一个文学论坛里浏览新帖，再亦庄亦谐地跟帖调侃一番。

"蓝色妖姬"说：风月无边，寂寞无边。点燃一支"520"，嘴噙着海绵头上的红心，看兰色的青烟袅袅上升，溶入无边的夜。我们的灵魂也轻轻飘摇起来。相约 98，你在吗？

"相约 98"：灵魂飘摇，那是想脱离人生而去。真的飘摇了，也就成了鬼魅。人都是站在地上的呵。

"蓝色妖姬"：为什么要一脸庄重呢？在网络上人们最大的乐趣就是轻松。

"相约 98"：不知道从什么时候开始，就有了这样的错觉，发生越近的事情，感觉越遥远，遥远得似乎就是几千年前安排好的。今天只是重复一下，而那些几千年前发生过的事情，就好像昨天刚刚重复过一样……

"蓝色妖姬"：那是我们的灵魂在远行，远行到几千年前的世界里。灵魂的飘摇就是要准备出发。呵呵，你害怕灵魂远行吗？来吧，相约98。

……

我动弹不得，把自己的整个身子泡在转椅里。潜意识里我觉得丽在向我温存地依偎过来。转而，丽的面孔变成了"蓝色妖姬"。"蓝色妖姬"的发型应该是爆炸型的，嘴唇应该是鲜红色的，眼影很重，……

我不知道与"蓝色妖姬"约会了没有。我的记忆在逐渐衰退，但"蓝色妖姬"不是丽。

太阳透过宽大的玻璃窗，温暖地抚摸着我，我僵硬的身子重新灵活起来。

我终于选择了离开。是来寻找我的一个小学同学把我带走的。虽然十年没有见面了，但她仍然很准确地把我从一大堆嬉闹着的大学生们中间指点出来。她说：你在小学的时候就给我说了"相约98"。

我也很突然地认为，她是可以使我踏踏实实地站在地上的女人。

# 肖镇长的狗

　　肖镇长喜欢跟着时尚的风走，有没有跟"情人风"和"发财风"不知道，如今跟了"宠物风"养了一只小猎犬。小猎犬叫兆兆，很得肖镇长的宠爱，相处如父子般。

　　兆兆很会舔和人，肖镇长无论多晚回来，兆兆都能听出自家主人的脚步声而守候在门边。见了肖镇长进了门，兆兆先是围着主人的裤脚边转个不停，小尾巴竖起来摇晃得如同挥舞着的小旗。如果光凭这就值得肖镇长四处夸耀他的兆兆？错！兆兆有两项绝招：一是会给主人叼鞋。但凡肖镇长换鞋，兆兆总是准确无误地把该换的鞋叼到肖镇长的脚下，再把换下的鞋叼走；二是看包。肖镇长出去赴宴，特别是下面的人请他，总是带上兆兆。肖镇长只需把鼓鼓的包放到旁边的椅子上，兆兆就会自觉地往那椅子上一卧看着包，肖镇长就可以放心地喝酒打通关，即使烂醉如泥也无妨。每到这种场合，兆兆就微闭着两眼，看人间喜剧。

　　所以肖镇长给每一位熟悉的人夸他的兆兆。肖镇长有一个很精辟的说法：兆兆如果是个人，那就是人中精英，那还有你我在这里吃饭的份儿？！

　　肖镇长说这话的时候，正是在富丽堂皇的大酒店里马总请客的酒宴上。肖镇长对马总说完，还亲切地抚摸了兆兆的头说：这狗脑袋也不知在想啥？也在想钞票、想女人？

　　马总是 B 市大名鼎鼎的企业家，瞅准了这里优惠的土地使用价，准备到肖镇长的地方投资办企业。肖镇长十二分的诚心欢迎马总到来。招商引资如今也成为干部政绩的一项考核标准，肖镇长还想往上走走哩。

马总用了讨教的口吻问肖镇长：有名犬必有名师。肖镇长是如何调教出来的呢？酒桌上的人也都随声附和地问。

肖镇长喝了口茶顿了顿，酒精刺激下发着红光的脸楚楚生辉。肖镇长侃侃而答：那是用肉和骨头换来的默契与和谐。我是它的衣食父母，听我的为我服务好了，就有它好吃的。其他说啥都是枉然。

正在肖镇长和马总把酒论兆兆的时候，秘书进来俯在肖镇长的耳边低声说了几句。肖镇长脸一红，拍了桌子：反了他们了！麻村很不像话嘛，招商引资是发展经济的大问题，怎么就不能做出点牺牲呢？不走？给派出所和联防队打电话，堵在镇政府门口就是违法！

秘书又急急地出去了。

这顿酒宴肖镇长又喝得酩酊大醉，身子一软就哧溜坐在了地上。众人一看，说肖镇长喝高了，快扶肖镇长去包房休息。肖镇长把脸对着小猎犬兆兆说：咱不去，咱俩就在这里说话。

小猎犬对着肖镇长"汪汪"叫两声。

在肖镇长的醉眼蒙眬中，兆兆瞪着双眼的脸变成了人脸，自己的脸上则长出了毛茸茸的狗毛。

肖镇长问：你是谁？

兆兆说：我是麻村的麻广五呀。你忘了？那一年你跟前面村子里的谁到河滩约会，被我碰上，在俺老婆跟前我都没说；每次你到我们村检查工作，我都要杀了鸡鸭、钓了鱼鳖给你吃呢。你咋就忘了？你咋就喂不熟呢！你让我们做出牺牲，我们凭啥过日子？土地就是我们的命根子呀！别人家的狗还对主人摇头摆尾的，你是啥狗？你是条光吃不办事的癞皮狗！

在兆兆的叫声中，肖镇长觉得自己的身子也在变，变成了一条毛色枯黄的癞皮狗。

肖镇长感觉有人在后面擒了自己，也不知道被擒到了什么地方了。

# 拍手大师小传

某人姓名不详，性别不详，众人周知其在某局办公室专司"替会"，工于心计，巧舌如簧，八面玲珑。甲局好烟，某人馋谀曰：男子风度，舍烟其谁！乙局嗜酒，某人恭维曰：喝酒看工作。丙局喜小资，某人媚颜曰：现代人，现代的生活，现代的工作质量。丁局老成持重，某人拍马曰：如车之底盘，如飞何妨！诸位"局们"均对其高看一眼，谓之曰：好人能人，唯某也！诸位同事暗诟：公孙白马，何如某？

局上对三八二十四个部门，下达七七四十九个单位，局们会议多且冗，公务繁忙，常叹分身乏术，某人自告奋勇替会。某人替会，尽职尽责，堪比录音机，且发挥，且一应部署。久之，须臾不可或缺，甲局、乙局、丙局、丁局诸局们大可放心于酒场、牌场、舞场。某人以小职员入仕，进而股，再而副科，后觎觑主任之职。

替会，乃劳力也。某人逢会必专注领导讲话，并适时领掌 N 次。每次鼓掌，十秒余，每次开会，数十分钟鼓掌。愈三年，不料蹊径旁斜，某周身小疾微恙竟痊愈。某人思之彻夜，悟出道行于击掌。掌，细微末梢遍布，经络穴及全身，击之，震耳膜，启听力，慰四肢，疗通躯，为养身殊途也。

某人日渐体健，面色红润。同事探秘，某人一笑掠之。忽一日，某人无意泄密于街坊，邻里纷纷上门拜谒师傅。某人从之，密授日拍手数十分。一传十，十传百，于是洛城上下拍掌通行，处处可闻"噼啪"。寻弟子，仅凭"噼啪"可得；觅同道，见谁拍掌即是。某人声誉日隆，洛城中华养身协会登门谒某人，聘其为常务副会长，专辟一处为传道授业场所。某人沐"拍手大师"而冠而舞。

甲局痰多，乙局肝痛，丙局椎伤，丁局常患忧郁，诸局皆有不适。惊闻某人有养身绝招，遂请其为专场讲座，皆正襟危坐。某人顿收得意之色，上台，诚惶诚恐，期艾嗫嚅，不知所言。良久，某人呼曰：同志们，让咱们拍手吧！

 # 寻找我的手机

　　老婆出门几天，一个人在家撒欢耍泼，久了，也就百无聊赖了。黑夜，关闭了电脑、电视机，关闭了屋里一切能够发出声响的东西，屋里面就静悄悄。倏然，电话不失时机地唱了起来。呵呵，一位战友，那就煲电话粥吧。虽然煲电话粥是女人的行为，是年轻人的专利，我们时尚地拥有一回又若何？

　　我很时尚地从厅里走到卧室，从卧室走到阳台，又从阳台走到厨间，边走边聊，与战友谈到过去黑白的岁月，谈到我们都熟知的一位富有传奇色彩的首长，谈到一次山村野营遇到的房东好姑娘小芳，谈到时下的彩色风尚和孩子迷恋的电脑游戏……我啐他，你个电脑盲跟不上时代了吧?! 战友就揶揄，说网友见面是多好的时尚？你不见整天关于网恋的负面报道？久坐于电脑前腰不酸脖颈不疼？我也揶揄，就说"E－mail"是 e 知道否？论坛是装啥的坛子？菜鸟是什么鸟？坐行一日十万里是咋样的感觉？战友吭吭哧哧估计是涨红了脸……说着说着，我觉察到了有点不对劲。

　　啥不对劲？真的不对劲！好像少了啥东西。

　　是呀，我放在茶几上的手机呢？茶几上比较乱，都是我随手用随手放的结果。一样样地把茶几上的物品拨拉一遍，没有手机。我转到电脑桌前，平时放置手机的地方也没有我亲爱的黝黑色的摩托罗拉。虽说红烧肉是我的命，但如今没了手机，命也可以不要了。想起前天一位浙江的战友来洛，刚说两句，手机就没电了，而我其时恰恰远在百里之外。

唉，几个小时心头惴惴不安，战友不会误会我故意躲开了吧。在一边的刘建超说，《朋友，你在哪里？》里的情节再现了吧。

这年头，手机不仅仅比命还金贵，还与人的信誉品行划了等号呢。

我继续转着圈在屋里找我的手机，与战友的聊天也心不在焉了。战友也许察觉了什么，也焦灼起来。战友说，你会操作两下电脑算啥呀，至多是个工具而已，也就像汽车是代步工具一样。不会开车还不会坐车？吃猪肉一定得养猪看猪走吗？

是呀，是呀，吃猪肉不一定得要养猪，住房的不一定非得是盖房的，使用权力的不一定非要当官……

不行！手机今天晚上一定要找到，所有联系人的号码都在手机里存着哩，平时一摁名字即可，所以记忆号码功能性缺失。失去了手机，就是失去了社会！我毅然挂断电话，准备用固定电话打我的手机，听铃声就可以按图索骥了。那边的战友估计开始焦躁了，电话又追兔子似的打过来，没有话费了我给你充，凭啥挂断我的电话？在战友一连串的质问中我用固定电话拨了我的手机号，忙音！真 TMMD！居然是忙音！脑子瞬间如电脑硬盘样地转了 1800 圈，分析了多种可能：A：被人拾走了；B：被人偷了；C：忘在了熟人处；D：是手机自己在用手机……

战友在那边气急败坏了，嗓门大了起来，是不是在泡妞呢？典型的重色轻友啊！这种人以后不要在战友圈里混了。拜拜了！我赶忙接茬，不是哦，我在考虑明天到哪儿请你吃饭呢。战友转嗔为喜，这还差不多。我说，不过遇到点了小麻烦。什么？就是我的手机找不到了，明天咱们怎么联系呀？！

我又转了一圈，电脑黑着脸，电视黑着脸，我也黑着脸，节能灯倒是很亮，却照不到我手机的半点踪影。

手机找不到了？哈哈哈！你个呆子，你手里拿的是什么？

我手里拿的是什么？My god！我的手机。

# 一首从唐朝发出来的诗句

这几日是特别时期，一些人痴了迷了，一些人平了静了，另外一些人还可以堂而皇之地做平时老板不让做的事情，比如可以上街买足球报为名逛街吃早点，比如可以在上午签过到后寻找地方猫一觉，比如可以与老板谈论乌克兰核弹头为何没有发动机而把老板侃高兴啰乘机报销几张喝啤酒看世界杯的小发票……

痴了迷了的是他们，平了静了的是我，我和老婆照常相敬如宾，照常一起吃饭一起睡觉——就是说只要到了晚上10点半，不管声嘶力竭的绿茵场上的喧嚣，也不管评球员解说员的惊呼和叹息，我们把电视机的按钮一摁，拉灯——睡觉。为此我是要付出代价的。每到单位，那些与我一样的大老爷们眉飞色舞手舞足蹈地大侃特侃足球，我只有坐在一边愣神的机会，对了，还得做那些超级球迷未竟的工作——谁叫老板也是超级球迷呢？老板说：他们辛苦了，你也辛苦下帮帮忙。切！

于是我就常常加班，为老板在会上讲大家都普遍认识到的废话而加班。如果真的是这样，那些废话都是在以前的文件报告里存着哩，拿出来一拼接就成，可是我们的老板很喜欢新潮新的观念新的术语，比如说老婆不叫老婆，二奶不叫二奶，老板说那多俗呀，老婆叫红旗，二奶叫彩旗。那谁谁谁的红旗飘得猎猎作响，那一杆杆彩旗敢飘得上去？当然，政治上的新名堂更多，所以我在写这些废话的时候也得查阅上面的最新讲话和提法，使我写的这些废话经常地处于领新的地位，所以我加班常常会加到夜里10点钟以后。

于是，寂静的办公室只有"丝丝"作响的日光灯，以及苦思冥想的我。我想，红旗开始不也是苗条阿娜么？最后怎么变成了丰腴的水桶？老板是不是有多杆哗啦啦的彩旗？寻思着，唐朝的妇女不是以丰腴为美么？没有一身颤颤的肉，杨玉环何以横空出世？当然，这个时候我已然一身唐服，迤逦行走于长安街上了。

长安街上招幌飘摇，小二肩搭抹布找寻食客，当炉的老板娘含情脉脉地盯着过往的人们，恨不得用眼神把那些人们褡裢里的银子都勾出来。是的，老板娘也是丰腴的，明星的示范作用巨大且无穷。我不由地想起我家中的那杆红旗，整个人形堪与旗杆媲美，不是她不想丰腴，而是丰腴不想她。唐朝时期应该也是讲究物质配给吧，我们家配给的肉食品 80.5% 和糖类 99.9% 都归了我的红旗，可怜见的，红旗依然是旗杆，我却如同气吹似的发酵成为一大发面饼。

我迤逦在长安城里的大街上，脑子里却满是庄周什么的。嘛？蝴蝶呗。庄周梦见了蝴蝶还变了蝴蝶，我梦见蝴蝶却不能随心所欲地接近蝴蝶，蝴蝶就是我醉心的彩旗，接近蝴蝶是要被我们家的旗杆怒斥的。我们家的旗杆用宽大的袍子企图把自己的身子整得很宽大、很肥腴，企图与时俱进，她像一面巨大的猎猎作响的旗帜把我罩住：蝴蝶那妖精不就是一身肥肉么？当初你三媒六证娶我的时候咋没听你说肉不肉的呢？现在给你养了两个孩子你就要寻蝴蝶那一身的臭肉了?! 是呀，旗杆当年窈窕的时候我不也是痴恋得不得了么？我寻了借口骑马到了蝴蝶他们村暴走，在她家门口的柳树阴凉下徘徊复徘徊，就是为了瞅见那金钗云鬓。这才几年，就移情于彩旗的丰腴了。

一成不变的日子使亲情倦殆，我开始懒散，开始把眼睛睁大了通过电视看外面精彩的世界，开始喜欢上了唐朝的美女们，她们才是真时髦啊，颤颤的肉在眼前晃荡。这样精彩的世界如何不叫我去追捧邂逅的蝴蝶呢，蝴蝶颤颤的肉也在我的眼底晃荡。

我在长安街上迤逦的时候，老婆奔走于派出所和单位间；我醉卧酒肆梅巷的时候，老婆低垂泪水坐在沙发上叹气。我穿越时空的眼睛看到了这一切，渐渐感到不安起来。也许平静只是爱情深入的一种递进程序？长安城里兴起诗韵辞赋，我也挥笔写下了"白园遥与龙门对，不羡神仙求家安"，随手掷于青松树下，睡着了，从来没有这样香甜地睡着了。

　　当然，我醒来了，又回到了千年以后的社会，并且是足球统一了人们大脑的时候。胖如杨贵妃般的老婆——也就是我的那杆猎猎飘扬的红旗摇醒了我，我乖乖地跟她回去吃早餐。

# 有多少爱可以重来

　　子仪深爱着同一个办公室与他对面坐着的小霜。

　　每天子仪一到办公室，手忙脚乱地打扫完卫生后，就拿出自己的绿茶给小霜和自己的杯子分别捏上一撮，泡上。然后子仪就坐在自己的桌前，啜一口冒着热气的清茶，看小霜细高透明的茶杯里上下翻腾着的茶叶，等小霜像往常一样给他一个感谢的一瞥。就这，子仪也满意了。

　　小霜似乎总是在忙着别的什么，下班前总是会接到一些莫名其妙的电话，然后是匆匆忙忙地把小包一挎，再匆匆忙忙地下楼。有时候，子仪会从临大门的窗户看着小霜打开停在路边的轿车，身子刚一钻进去，轿车就悄无声息地滑入了车流，不见了。

　　但小霜的身姿一颦一笑，仍然吸引着子仪。渐渐地除了那感激的一瞥外，子仪还想祈求得到更多。

　　有一天子仪从外面回来，无意间听到办公室的微姐和另外一个人议论他，就停下了脚步。微姐说：难道你还看不出来？小霜其实打心里也是喜欢子仪呢。但是同一个办公室的谈恋爱为一大忌讳，另外是小霜的心劲高，她要好风凭借力，送自己上青云呢。女人哩，也不容易呀。

　　一层纸被别人点透，子仪就觉得十分的沮丧。

　　又是晚秋了，小霜也穿上了她喜爱的黑色套装。在机关里服装是不可太招摇的。小霜坐在已泡好清茶的桌子前，没有像往常那样向对面的子仪送去感谢的一瞥。子仪看到，小霜的脸上竟然有了泪珠。对子仪无声的问询，小霜欲言又止。

终于又熬到了下班的时间，小霜没有急匆匆地接电话和急匆匆地下楼，而是反复地整理着手头的一份什么材料。等到偌大的办公室里只剩下了对坐的子仪和小霜，办公室里就静的有些苍白，日光灯的电流声"丝丝"作响。

沉默了许久，子仪问：你今天怎么啦？小霜停止了手中的摆弄，从手包里拿出一张纸片，推向子仪。

"Ca？晚期？"明白无误的检验时间和鲜红的印章无声地向子仪证明着一切。子仪呢喃道：怎么就没有一点征兆呢？

走出机关大门，小霜仿佛非常疲惫了，身子紧贴着子仪，手抓紧了子仪的胳膊。子仪能感觉到小霜的手在微微颤抖。

一路的霓虹璀璨。面对子仪的询问，小霜只是摇头。又过了一个宾馆，小霜忽然小声对子仪说：登记个房间吧？

子仪有些愣怔，小霜已自顾自地到总台办好了手续。

那是两人激情癫狂之夜，如同野外漂流所经历的无数次的刺激和跌宕起伏。

小霜似乎是睡着了，嘴中在不停地呢喃：你们都走吧……我也要走了……

第二天，小霜住院了。子仪给她送去了鲜花，送去了小霜爱吃的鸡丝香菇米线。子仪想：即使小霜的日子已经不多了，也要让她走好，走得快乐。所以两人时常紧握着手，四目相望。子仪说：我问了医生了，这点病现在已经有办法治好。咱们有很多很多的时间哩。这个时候，小霜的眼睛里就有了泪珠往外流。

这是一个下雨的日子。子仪昨天下乡去了，没有去看小霜。子仪快速地处理好手头的工作后匆匆来到小霜的病房。小霜不在，她的床铺已经收拾得干干净净。邻床的一个女孩将一张纸条递给诧异的子仪。纸条上是小霜的笔迹：子仪，真的不知该怎么感谢你，在我的情绪最灰暗的时候是你给了我温暖的安慰……他已接我走了。咱们没有缘分啊。

子仪沮丧地呆坐在曾经是小霜的病床上，失神的目光空洞地看着进来的白大褂。医生抓住子仪的双手很歉意地对子仪说：你是她单位的人吧？小霜的化验样本与别人的搞错了，……嗯，昨天才搞明白。小霜只是一般的病。

子仪缓缓地走出医院，抬头看看灰蒙蒙的天，不知自己想往哪里去。

子仪想起前几天自己请是哥们儿的化验员做的手脚，不由地一阵沮丧和心碎，也有些悔疚。

保留那一段美好的感情该有多好呀！

# 领导摇头又点头……

下午一上班，鲁立就收到了好友的电话。好友急吼吼地告诉鲁立，上午路过纪委书记办公室的时候，恰好听到了一句话：立即把鲁立私分的事情查清楚，严肃处理。大冷的天，鲁立握电话的手硬是捂出一层热汗。

鲁立奋斗了快半辈子，才整了个小有实权和实惠的科长。所以鲁立很珍惜，很律己，鲜有不廉洁的事情发生。为此，科里有同志或明或暗地给他敲边鼓：现在当官的不为自己考虑也得为底下的弟兄们考虑呀，你廉洁了，也就孤家寡人了。水至清则无鱼嘛。后来鲁立下了决心把一笔款项通过技术性操作提出来，在科里作为奖金发给了大家。

莫非就是这事儿东窗事发了？有句俗话说：打住狼大伙吃肉，打不住狼一人被咬。鲁立觉得现在自己就是做的这档子衰事。

鲁立在办公室里转了几个圈后，径直去找了好友。好友说如今的干部大小都有点问题。此事说大也大说小也小，你自己没有独自贪污，只要一把手压住不查就有惊无险了。鲁立虽也与一把手认识，但无私交。那么谁和一把手能说上话呢？办公室主任贾正统。

说起来贾正统贾主任还求鲁立给做生意的亲属减免过费用呢，于是两人就哈哈一笑坐在了饭店里。鲁立说，查我倒也没啥，身正不怕影子斜，终究也不会有啥事。但是外人不知根底，认为风起于萍末，黄泥巴糊在屁股上——不是屎也是屎了。喝了几杯酒，贾正经的双眼微闭，瘦刮脸上也有了酡色。少顷，贾正经"吱溜"一声把杯子里的酒喝完，也痛快：我尽力而为。老兄！鲁立大喜，与贾正经连碰几杯，而后从包里取出一沓钞票，推给贾正经。谁知贾正经一脸正色：不够哥们儿！需要用钱的地方兄弟再问你要。

鲁立在忐忑不安中度过了几日。

单位进行先进性教育，一把手到各委局科室转转，检查学习效果，贾正经陪同。鲁立提前得知，并准备了多套与一把手搭话的准备。一把手在一群人的簇拥下来到了会议室，远远地看着同志们学习讨论。鲁立看到，贾正经附在一把手的耳朵旁嘀咕一阵，两人的眼睛还瞟向鲁立。最后一把手坚决地把头摇了摇。鲁立不知怎的，心头一凉。

下班了，鲁立"恰巧"碰到贾正经。两人便坐到了茶馆。贾正经直言鲁立：领导摇头呢，说这事不好随意干涉。鲁立问，就没有别的办法了吗？贾正经沉吟后，低声告诉鲁立：一把手的宝贝女儿正闹着要笔记本……鲁立闻言心领神会，赶忙把包里的一个信封递给贾正经：你老弟就看着办吧。拜托了。

次日下午上班，刚进机关大院，就迎面碰上一把手和贾正经在办公大楼的一侧说话。看到鲁立进来，贾正经又附向一把手的耳朵低语。这次一把手瞄着鲁立连连点头。鲁立心头一阵舒畅。

在按捺不住的等待中，鲁立接到了贾正经的电话。电话里贾正经只说了两个字：好了。鲁立这边自然是千恩万谢。并说给贾正经也备有一个红包哩。刚收了线，只见好友匆匆进了自己的办公室。好友说：哎呀！我听错了。上次纪委要查的是三科的路科长私分小金库的事，不是你鲁立。这不，通报已经出来了，路科长被免职了。

鲁立的头上又沁出了细汗。

在初冬的阳光里，鲁立在路上偶遇一把手。寒暄中，一把手抻抻鲁立的外套说：前一段你的领带颜色与衬衣颜色相近，搭配不好。现在的服饰颜色搭配有精神……还没听完一把手再说什么，鲁立顿时冷汗浃背。

# 汇报工作

多请示，多汇报，少犯错误。这是我们主任经常挂在嘴边的一句话，也常对我们"哼哼"教导。这条是办公室里的潜规则，我们一般情况下都遵守得很好，很模范。你想啊，做主的事情是领导的职责，当家才能做主的。所以我们的职责就是多请示、多汇报。

前不久小张就接受了一个任务：把办公室捐献给山区小学的旧桌子给运送到山区小学去。小李也想去，跟主任泡磨了好久，终于如愿以偿。主任又说了，你们两个年轻人还是欠缺经验，如果需要出席个宴席仪式什么的，很难镇得住台啊。干脆老庄也去吧，传帮带一下。于是我们三个人用一辆客货两用车装了三张桌子、三把椅子，车身还花花绿绿地贴满了热情洋溢的标语，如同花枝招展的骚娘儿们。我们三人就带着这"骚娘儿们"上路了。

应该是一趟美差。长居城市里，连放个屁都长时间地在空中荡漾。到了山清水秀的山区把心适时地放荡下，吃点梦寐以求的农家饭，与美女小李开个雅致的浑玩笑，哎呀呀！这叫美她娘哭半夜——美死了。

事情是从小张身上引起的。车一驶出城区，看到了自然田园风光，小张手舞足蹈，马上车厢里的空间就不够用了。小张干脆叫司机停车，自己爬到了货箱上，坐在了桌子旁边的椅子上。小张叫这是开阔眼界。车继续往前行驶，我和小李不时听到小张在上面大呼小叫，兴奋的情绪也感染了我和小李，我也就有心与小李适当地暧昧下。我问小李：某单位领导总结工作搞不好的原因有三条，是哪三条呢？小李无辜地回答：

我咋知道呢？看我一脸坏笑，小李更加无辜了：你说呀，是不是又是哪个浑段子啊，要是你就别说。我说哪会是浑段子呢，这三条原因一是寡妇睡觉，上面没人；二是像妓女，上面老换人；这三哩，呵呵，和老婆睡觉，自己人老搞自己人。小李嘻嘻笑着，把粉拳软绵绵地打在了我的肩上。也就是这个时候，小张在货箱上叫了起来。

事情不小，一路颠簸从一张旧桌子的抽屉里颠簸出了一个信封，信封里透出了几张橘红色的钞票——1000 元。小张是好人，把我们叫上来商量这事如何处理。分了？都是同事，心里跟明镜似的小看对方；交公？得先找到失主啊。车在旷野里停着等待我们商量的结果。嘿嘿，非寡妇睡觉，上面有人啊。给领导请示汇报，咱也少犯错误不是?! 我们先是汇报给主任，主任说你们一定要保护好现场，等请示了领导后再定。好在是秋风送爽的季节，我们在等待的过程也不是很难受。

在快达到了我们耐心的极限时，主任来电话了，说他马上带一名保卫人员赶到。当然这最后的结果也很明了，是老马的私房钱。主任既然来了，干脆也一起到山区给山区小学送温暖。一大一小两辆车载着我们6人的欢声笑语——还有三张桌子、三把椅子、向山区小学奔驰而去。后来在写年终总结时，小李妙笔生花，把这次捐献活动描绘得隆重热烈重视异常，成为全年工作的一个有意思的亮点。

# 我来陪你说说话

　　有一段时间，我们办公室配合上级的中心任务搞酒店宾馆业的专项集中治理，风刮日头晒，忙得脚是溜着地皮走。说是全面撒网，象"云天阁"这样有人举报上了我们黑名单的，实际上是治理的重点。

　　高云是办公室的内勤，负责上情下达、下情上报，不用出现场，令我们一帮人羡慕嫉妒死了。可是有人知道，高云这阵儿的心情其实也很复杂，家庭正面临着情感危机呢。

　　一天上班后不久，办公室来了一个青春可人的姑娘。这姑娘见人不生分，名片资料发了个遍。名片上显示：某保险公司的保险推销员，李羚。

　　办公室里清一色的七八个大老爷们儿平日里就有些那个什么失调，猛地来了个见面熟的靓妞，气氛马上就活跃起来了，头脑里的幽默细胞也被充分激活，便都七嘴八舌地开起了不荤不素的玩笑。李羚不愧是做保险的，啥样的事儿没经过？在这样的一个"场"中，李羚面带笑容，长袖善舞，在插科打诨中把自己代理的险种一一道来。

　　自从李羚一来到办公室，高云眼神就亮了。喝水的时候，老把杯子口送到了鼻孔下。

　　我们该出现场了，都渐渐散去。李羚在高云的桌子对面坐了下来，双手把保险资料给高云递上，然后用柔润的语音详细地介绍着每一种保险的长处和回报比。高云在电话向上级部门汇报现场情况时，眼睛也不断地注视着李羚，有时还向李羚在嘴边竖起一根噤声的指头。

李羚善解人意地笑笑，如同老熟人般。

高云表现出对保险的极大的兴趣，问这问那。为得到这个潜在的用户，李羚就每天到办公室来找高云。高云与李羚说保险，同时也适时地切入家庭、情感的话题。高云说：你们保险可以保这保那，它能保得了家庭的和谐情感的忠贞么？于是高云就会有意无意地向李羚倒倒苦水。李羚很注意地倾听着，有时还柔声地劝慰高云。李羚说：大哥，你是好人，就算你不办理保险，我每天来陪你说说话好么？

那一阵高云感动极了，为自己每天拖着一位美女陪自己说话的卑下用心而自责。

李羚有时也会接个电话或者用高云面前的电话往外打个电话什么的。当李羚用手机打电话时就将手机捂到自己的耳朵上往外走去，高云就看着她窈窕的后影，脸上是欣赏和满足的目光。

有时很晚了，我们从现场回来，还能见到高云与李羚在神聊。过后我们都臭高云：你小子别不地道啊。保险办还是不办，给人一个利落话，别整天钓着人家，耽误人家的正事。这个时候，高云就会"嘿嘿"地笑笑。

专项集中治理结束了，面上的成果不小，但是令我们纳闷的是被举报的"云天阁"等那几个重点"照顾对象"却任何问题也没有查出来。问题出在什么地方呢？

李羚有几天没来了，每到那个时候，高云就会痴痴地望着对面李羚坐过的地方。

有一天，高云无聊地在带有来电显示的电话上翻看打出的电话，几个似曾熟悉的号码进入眼帘：那不是"云天阁"等酒店的电话么！看看打出的日期，正是专项治理阶段。高云想拿起电话给李羚打过去，想了想，就又放下了。人家不过是陪你说说话么？！

 # E 时代的约会

网络时代是如此强大和高效率，天堂瑞瑞习惯了网络上 0.22 秒的检索速度，爱情的速度是一日千里，无法再忍受介绍人口口传情的低效率。天堂瑞瑞要在网络上开出自己一片网恋的新天地，驰骋论坛、聊天室、MSN 和 QQ……

天堂瑞瑞一脸青春疙瘩豆，眼放绿光，乃一翩翩少年，就是领带有点黄。常在网络上招大马蜂，引斑斓蝶，号称"东施杀手"。

这一日，瑞瑞发现坛子里有一自称关林少女的 MM，就趋上前去套近乎。

瑞瑞捏着猫鸣：MM 寂寞哈？

关林少女：虽然时下流行裸婚，可俺不喜欢赶时髦。你有车、有房、有银子吗？

瑞瑞呵呵一笑，说：咱有车，自行车。还有满大街乱穿招手即来随咱调遣的"的士"车；有房，两居室。只要有钱，三星四星随咱住；银子嘛，就在咱的笔头下面和指头上。如何？

关林少女抛着眉眼不置可否，逗引得瑞瑞两眼绿光想把荧屏刺穿。

如此网聊三四日，天堂瑞瑞与关林少女约好猴年马月亥日丑时在牡丹广场东南角见面。

约会的时刻日近一日，天堂瑞瑞心情如五猫抓心急不可待，我的亲娘哟，时间咋过得潜慢哩。

天堂瑞瑞原是个纯真少年，自从迷恋上了网络和网络游戏后，误入

歧途，终日沉溺，以至于结婚当晚双手十指在新娘的肚子上下乱按一气，口中还呢喃有语：CTRL＋C、CTRL＋V。新娘幸福得如坠五里云雾，一脸的崇拜加陶醉。

英雄不提尴尬事，匪夷所思是常态。在天堂瑞瑞按捺不住的情怀日聚时升中，与关林少女约会的日子终于来临了。瑞瑞急忙整治好行头，特意扎了那条黄灿灿的领带——那可是与关林少女识别的标志哟。瑞瑞满面春风地站在牡丹广场的东南角，把自己在肚子里默念了一千遍的第一个动作和第一句话又温习了一遍。末了，把自己感动的眼泪鼻涕一大把——感冒了！

华灯初上，牡丹广场金碧辉煌。当瑞瑞正沉浸在自己的感动中的时候，一个女人来到了他的身边。

这个女人看上去不寻常，很沧桑、很历史、很有内容，着装搭配细致……瑞瑞见了这女人，很有礼貌地问：阿姨，您有事需要偶帮忙吗？看来天堂瑞瑞自小就是好孩子，道德礼仪规范渗入了骨髓里了。

那女人指指瑞瑞的黄领带：您就是天堂瑞瑞先生？在瑞瑞的感染下，那女人也特意咬着嘴用了"您"字。

瑞瑞闻听此言，激动的浪心一浪高过一浪，放绿光的双眼动用了"google"直往那女人的身后搜索。

那女人说：我是关林少女……

天堂瑞瑞忙接过话头：哦，偶知道了。您就是关林少女的奶奶，怕孙女出来见网友不放心，打前站来探虚实的。呵呵，奶奶——瑞瑞也抻杆子上哩——偶就是天堂瑞瑞。您老到大河的那个坛子里问问，咱是三讲四美五好青年网友，基本不玩坑蒙拐骗偷的勾当，偶尔顺手把别人东东里的思想装到自己的兜里，呵呵，也累呀！还得改头换面用另外的表述方式。偷思想者不为偷，天下文章一大偷嘛。

那女人打住瑞瑞滔滔不绝如涧河沟里的绿水，再次说：不是，我是关林少女……。

天堂瑞瑞嗔怪道：哦，你是她妈妈。关林少女是您的幺女么？呵呵，就是最小的女儿。那咱也叫您一声妈。您的宝贝女儿呢？您看这夜沉了，人疏了，咱也该找个地儿吃饭了。上网就是聊天，约会就是吃饭。吃出氛围吃出情调吃出婚外恋吃出彩旗飘飘。快叫上您的宝贝女儿，咱到牡丹城宾馆顶上的旋转餐厅吃西餐，拼咖啡拼出万般风情。

那女人急忙插进话语快速道：我就是关林少女你也不要当我的孙子儿子就直接当我的小老公我的好瑞瑞亲瑞瑞宝贝瑞瑞我可是寻寻觅觅了二十年见到了你我才觉得我又青春了你是我心中设计了一千遍一万遍的绝色好男人你看你的小嘴吧嗒吧嗒的多甜蜜啊……

天堂瑞瑞不等那女人把话放完，"扑通"一声朝后轰然倒地——晕！

正晕着的天堂瑞瑞觉得耳朵生痛，并伴有吼声：太阳晒你的 PP 了，还不起来！瑞瑞睁眼一看，原来是老婆在扯他的耳朵。老婆嚷道：一晚上折腾啥呢，嘴里还叽里咕噜地吧嗒个不停。快起来给俺挣银子去！

天堂瑞瑞老老实实地起来，揉揉扯得生痛的耳朵，不知身在梦里还是梦在心里。唉，恰似一江春梦向东流。

 # 敲 诈

　　梅怡对马东的好，是自然的好。梅怡与老公陈寿马又一次发生争吵后，马东不仅适时进入到了梅怡的身体，还适时地进入到了梅怡的心窝窝里。

　　马东细心，能够在梅怡落座时适时地拉开椅子，言语幽默风趣，一张嘴唇上下翻飞，不紧不慢却暗藏机锋地说些"上面与下面"的辩证关系，"日后和日久"等雅而不俗的笑话。这张嘴唇就显得格外性感。每当这时，梅怡姣好白皙的脸上就会浅浅地笑笑，以示对马东的回应。那一次与众人出游，途中梅怡收到一条短信，收到短信的梅怡羞涩地转过身将自己的牛仔裤拉链拉起，并转脸向马东报以感激甚至暧昧的一笑，马东则会心地眨巴眨巴大眼。就这样，马东黝黑的面孔在梅怡看来就是"黑的滋腻"，就是"黑的耐看"，于是梅怡就心甘情愿地被马东"突破"在宾馆的大床房。

　　被心甘情愿突破的梅怡忽然就觉得少了点啥，空落落的，特别是面对陈寿马的时候。陈寿马不是个令人称心的好老公，浪漫的话语被日子这个砂轮越打磨越短，直打磨得隐而不露。但陈寿马毕竟是自己选择的伴侣，也是自己倾心相爱过的。对自己亲手把玩过的物件打碎了，心里是得好好疼一下的，是那种锥扎般的心疼。过些日子，梅怡又感觉多点啥物件，该来的没来，不该来的被一纸诊断证明来了。

　　做了去，做了去……一定要做了去！梅怡对自己的心灵喊，对着那张曾经幽默的翻飞的嘴唇喊。那张翻飞的嘴唇发不出了声，定格成为大

大的"O"形。做了吧，做了吧。最后，马东低沉地说，话语有些无奈，又有些如释重负。

就做了。一切都是在马东悉心照料下进行的。想起了马东的如释重负，梅怡忽然对这样的悉心顿生失落，苍白的面孔对着天花板愣神，直到泪珠滑落下来，浸湿了枕头。

"怡"，简短的称呼把梅怡失去的神拉回来，陈寿马浅浅舀起一勺鸡汤，微微吹去热气，再慢慢递送到梅怡的嘴边。梅怡吮食着吮食着，泪珠又滑落下来，枕头再被浸湿一片。

斜躺在床上的梅怡，背过身去，颤抖着手指悄悄地删除了马东来的短信，删除得干干净净。

再被马东约了出去，梅怡就有了决绝的感觉。马东的嘴唇还是翻飞着，也许是刚刚喝了热的咖啡，嘴唇看上去血红血红的。面对梅怡的决绝，这张血红的嘴唇吐出的字句也很血红：那你给我1000元来了断吧。

成交！梅怡的心沉了下去，恨恨地沉到了冰窟下面。

马东依恋地握着梅怡柔若无骨的纤手：何时才能再见到你呢。

梅怡厌恶地甩开，离去的高跟鞋重重地击打着富有质地的地面。

马东用手中一纸做人流手术的病历，一而再地要挟梅怡，血红的口中吐出的数字越来越大，从2000元、3000元……直至10000元。每一次重复，梅怡总是厌恶鄙视，鄙视后却是无奈。

不得不与陈寿马说，不得不在陈寿马的鼓励下报警。最后一次与马东见面，梅怡的心中惶惶的，匆匆离去的高跟鞋也是惶惶而凌乱的。透过咖啡厅的落地窗，梅怡瞥过去最后一眼。梅怡看到两个年轻的警察拦住了马东，落地窗隔绝了声音，只能看到马东血红的嘴唇一张一合上下翻飞。

次日，梅怡绞着两手，无措地坐在派出所，年轻的警察交给梅怡一张存折，很是奇怪地问：他咋用你的户名存了敲诈来的钱？

梅怡捏着那张自己户名的存折，漫无目标地走着，也不知道是不是该走向回家的路。泪珠连串滴落下来，淫湿了脚下的一片片纸巾。

# 拍卖人生

　　老廖经营面具经营出了名堂，不仅阅尽了世态炎凉人情世故，而且从那些购买面具的人们手中还收存了一大批诸如道德、良心、幸福、爱情……财富、权力、平淡等物件，这些东西是一些人为了获取满意的面具或付出或抵押的。老廖看着仓库里堆放的这些物件，睿智的脑海又萌发了"拍卖"的想法。你想啊，这些物件在某些人手里可能一钱不值或者用不着，而对于另外一部分人来说则是梦寐以求的。这就需要明白人来调剂。老廖想到组织这样一场拍卖会一定会给自己带来巨大的收获，高兴地五官聚起了开会。

　　经过反复的方案论证、广告炒作，"人生"拍卖会终于如期举行，报名人数之众之热烈完全在老廖的预料之中。老廖为了体现社会的基本公平，进入拍卖会的门槛只需抵押自己一段逝去的岁月，而被拍卖的物件也可以不付现金，只需把自己的人生经历论值付出。逝去的岁月和人生经历已经成为了过去时，抵押和付出又有什么关系呢？不就是一段生活状态嘛?! 所以参加拍卖会的人们如潮如涌，挤满了本市最大的大会堂。这大会堂平时只用于讨论本市大事的。

　　老廖为"人生"拍卖会拟定的广告词是这样说的：你想使幸福摸得着看得见吗？你想得到财富权力之一角吗？你想使自己的良心值由 50% 上升到 100% 而具有更充足的人性魅力吗？你想……那么你来吧，只需付出自己一段逝去的岁月和人生经历，你就会梦想成真！

待人们入座就绪，万头攒动中到处都是闪烁着如饥似渴期望的眼睛。老廖发现了前排中央坐着一位鹤发童颜的老者，这可是个人物哩，本市富可敌国的不韦集团公司总裁贾不韦。看到贾不韦入场，全场纷纷议论开来：贾老看上的物件，那肯定是志在必得。看来自己要得到中意的物件，不出点血是不行的啊。贾老把自己本已溜光的头发用手又理顺了一下，闭目养神，全然不理会闹哄哄的会场。

老廖点点头，专门从首都请来的顶尖级拍卖师高声宣布拍卖会开始。

首先拍卖的是权力，全场举牌者如林。老廖打眼一看，就数平日聚堆喝酒的吕总马总们的牌子举得最高。他们的财富不是大问题，他们日夜操心的就是如何让自己的儿女步入官场进入到权力的核心位置，有权势的财富积累才最快。吕总马总们等人边竞价，边斜眼觑看贾老，只见贾老的目光只是在会标"拍卖"两个字上巡视，仿佛身处梵音袅袅的庙堂。

吕总马总们终于如心遂愿。

然后是拍卖财富，这时举牌者如秋季雨后催生的豆芽，摇摇曳曳。老廖知道，这里面有不少他过去的同事和下岗工人，便不由地担心地看看贾老，他是为这个阶层的人群担忧啊。再富有的人咋会嫌自己的财富多呢。可是贾老的目光定定地望着前面，根本就没有举牌的意思。

许多人以自己岁月的坎坷与复杂，高价值地获得了自己想要的东西。

接着是拍卖道德。老廖出人意料地看到贾老的眼皮颤了两下，然后又不动声色地垂了下去，平静的脸上使人看不出丝毫端倪。也不是没有人举牌，全场也有不少的人。老廖认识的有收取高价医疗费用的胡医生，有卖过文凭的甄教授，有米中掺沙子的徐老板，还有几个徇私枉法人员……老廖想，也算是物有所归吧。

……

最后一项，拍卖平淡。全场顿时鸦雀无声，人们相互观望，甚至还有人不屑起来。静默良久，才见贾老示意旁边的助手举牌。助手举牌的时候迟迟疑疑，瞅着贾老，像是在询问着什么。贾老的目光紧盯着"平淡"，果断地点头。助手还在犹疑，贾老迫不及待地站起来，拉着助手的手高高举起。全场无人竞价。不知是不敢与贾老竞价，还是从来就不缺乏平淡，反正全场就那一个牌高举着，高举着。

# 孬 儿

夹河滩武关庄的孬儿吃前街王三叔的面条饸烙家穿后街田婶的棉袄家，是个苦命的孩子。爹娘乘渡船过洛河上县城，船倾身亡。孬儿就时常坐在堤上看时瘦时肥的洛河，把洛河当成了自己的双亲。

孬儿虽然是孤儿，乡亲们呵护得紧。不过，从小没人教孬儿见风使舵，孬儿扁平的脸上就带着实诚憨厚，有一说一，不带水的。前街的王三叔问：饸烙好吃么？孬儿就回答：红薯面吃多了烧心。王三叔就哈哈一笑，抹孬儿后脑勺一个溜逛。后街的田婶扯扯孬儿身上的棉袄问：还暖和吧？孬儿使劲裹裹身子，说旧袄也挡冷。田婶的脸就冷了几秒，嗔笑着骂一句喂不熟的狗。一次，前马村的韩六六骑三轮车吆喝换面条，尿急，就奔了田婶院里解手，田婶趁机从韩六六敞开的面口袋里挖了一瓢面回家，吸溜着鼻涕的孬儿偷偷地又把那瓢面送回给韩六六，末了，田婶赤红着脸骂了好几天，把孬儿扁平的脸涨得圆了扁扁了圆。所以村里许多人就说孬儿实诚得没心眼儿了。

孬儿高考差了几分没考上学，做村长的表叔就把孬儿安排在村委做了文书，实际上相当于勤杂工，抄送报表，打扫卫生，提壶续水，跑腿办事，甚至替支书村长到乡里开会，所以孬儿也算是村里少有脸面的人。

时遇开发地产到农村圈地，一个个或胖或瘦或凸肚或哈腰或西装革履或土布长衫无一例外开着各色锃亮的小乌龟车向村里跑。一次，一个穿着黑色唐装的老板夹了黑包进到了村长办公室，看孬儿倒好茶水退出门外，老板想把一张什么卡给村长。老板嘴里说着不成敬意，拿卡的双手准备伸出去，孬儿就敲门、推门进来续水。老板白了孬儿一眼。等孬儿出门，老板又伸手递卡，孬儿又敲门、进门，孬儿说，忘了说了，刚才乡纪委打电话催材料哩。这次是村长表叔和老板一起白了孬儿一眼。白眼过后，村长就没了情绪。没了情绪的村长表叔一脚把孬儿踹到外面去打扫卫生。

村子小，东边炒肉西边闻香，村人立马都知道了孬儿办的这差砸事。村人众口不一，但是有一点的说法却是共同的：这孩子太实诚了！孬儿茫然。有一天日头刚见红，孬儿给村长表叔的门缝里塞进了一封辞职信，等村长表叔扯着嗓子当街吆喝的时候，孬儿已经没影了。又过了不知多久，当满村的人差不多要忘记曾经有个孬儿的时候，市场上冒出来个孬儿为总经理的地温空调代理公司。

村人皆哗然。

前街的王三叔听说孬儿当了老板，嘴里的红薯沫子喷了一圆圈：这孩子实心眼儿。他能当好老板，我的王字倒着写。

后街的田婶听说孬儿办了个公司，也说：他的公司不出仨月还立着，我这田字反着写。

倒是村长表叔心里暗暗感激孬儿并庆幸，因为不久那个老板贿赂事发，着着实实地"卖"了好几个乡、村领导给纪委。

这一切孬儿都不知道。挣了钱的孬儿不忘本，过几天就要吃一次红薯面饸烙就青菜，就要抚摸一下过去穿的旧棉袄，时常把这里面的故事给员工们说道说道。孬儿回村，车到村边是要下车走进村的。孬儿拿钱为村里修了一条路，在洛河上架了一座便桥，桥头下的地里就是孬儿爹娘的坟茔，路连着桥就伸向了县城那里。王三叔田婶也被孬儿聘了来维护这路和桥。村里有人说：孬儿这孩子实诚哩……在河上撑船的是支书的小舅子，桥断了他的财路，所以他口里吐出一串青烟说：不是实诚，是傻逼一个。

孬儿又蹉摸进了村长表叔——不，现在已经是村支书了——的办公室，还是站着说话，商量着要给村小学校和村委大楼安装一套地温空调

系统。支书叔叔问孬儿有什么要求，是不是看中了村里的哪块地？孬儿

忒诚恳地说，我是来感恩的。乡亲们把我养大的……以后又与支书表叔

谈了很多，具体内容不得而知。等学校、村委的地温空调系统安装完毕，

村里有人传说：孬儿也不实诚了，莫不是也是来踅摸地的。许多人一听，

也是啊。就等着孬儿提要求要回报，可是过了好久好久，孬儿竟然不提

地的事，还是安心做他的地温空调。许多人坐在温度舒适的村委活动室

里打麻将说闲话，再提到孬儿，他们的脸上挂上了茫然。

# 愚人节不得不快乐！

我铆足了劲儿等待着这一天。去年今日，我被同事小黄、战友志刚，甚至姨家小妹柳柳作弄了个灰头土脸，此"仇"不报非君子也。

我搬着脚指头数到二十，零点已过，我用手机给柳柳发了个短信：亲爱的，你知道我是谁吗？我就是暗恋你整个高中学期的张三啊。我回来了，明天咱们能见面么？一摁键盘，短信发出去了。我的窃笑使我的蒜头鼻又红又亮。当然，我没有忘记换一个手机卡来发短信。柳柳回短信了：真的回来了？那，见见就见见呗。我在想象着柳柳羞涩地回着短信的样子，又发过去：上午 10 时牡丹公园逍遥亭下，不见不散。OK？

抱着舒心的心情睡得天昏地暗，起床就急匆匆地往单位里奔。办公室到处已是窗明几净，小黄拖完地在伸展腰，我略带歉疚神秘地告诉小黄：昨天晚上我和在组织部的同学喝酒，他告诉我一个绝密的消息，上面准备提拔你做副科长，今天要找你谈话考察。谈话的地点在中州大宾馆 401 房间，你得在大厅随时恭候，哪儿也不能去。小黄没等我说完，脸色激动地像卤肉，幸福地放射出酱紫色的光芒。我刚呷一口茶，小黄就提溜着水壶给我续水。刚掏出烟，小黄就把打火机"喀吧"点燃递了上来。其间，小黄接到了吃请的 N 个电话，外出游玩的 N 个短信，都一一谢绝了。看小黄正襟危坐地办公样儿，我不忍睹卒，揣着微笑出了办公室。

我给柳柳打电话：妹子哟，上午我想买衣服，请你帮我参谋哈！中午我请饭好么？柳柳的声音柔和地不同寻常：庄哥呀，本小姐今日公务繁忙，殁不奉陪！拜拜！切！丫头，连和哥哥我多说两句的时间都吝啬起来了。

中午一帮子战友聚会，嘻嘻哈哈，全无正经。唯有我神色严肃不苟言笑，心里提防着突如其来的恶作剧。可是大伙都忙着喝酒猜枚大吃大喝，全然没谁有情趣来涮我。呵呵，可能他们都忘了今天是个啥日子了吧。

我起身到外面转了一圈回来，故作神色暧昧地对志刚说：吧台上的收银员向我打听你呢。说那个穿月黄色休闲装的先生好帅哦。志刚认真了，问：真的吗？就是那高挑个儿，柳叶眉樱桃嘴的那个？在下来的闲聊中，志刚起身到卫生间去了三回，到门外打电话两回，争着到吧台结账250元一回。我们都一起走出饭店好远，志刚猛地醒悟：我的包包忘到饭店了。别！你们都别陪我，头前走吧。陪我，我可要生气了啊。

哈哈！全搞定，晚上就在家里等待着愚人节快乐的消息吧。

小黄的电话打过来了，没有我预计中的气急败坏。小黄的声音我在这头都能感受喜气往外冒：谢谢你哦，咱真是好哥们儿。我在中州大宾馆你猜我看到谁了？一号和一个女的。我们猛不丁地碰了个照面，一号的脸都红了……嘿嘿！我不想进步都不成啊。我给志刚打电话，只听志刚那头压低了声音说：我跟柳叶眉在歌厅里哩，你嫂子问起来就说咱们还在喝酒……没等他说完，我挂了。上了网，打开QQ，柳柳的小头像在剧烈地晃动：庄哥，我在牡丹公园碰上了我暗恋多年的师兄呀！他当年远渡重洋创业，我以为这辈子再也碰不上了。庄哥，祝福我吧！……是张三吗？柳柳的QQ迟钝了10.05秒，回过来：狗屁的张三，是当年被校花独霸的"绩优股"——我们的班长……

MY GOD！愚人节不得不快乐！

# 我们是战友

纷纷扬扬的大雪肥了楼房肥了树枝，广场也被铺上了一层白。我们喜欢雪，喜欢这座有雪的城市。

我们仨踏着积雪，坐在了这家虽小且温暖的酒馆。

路在部队当过我们的班长，复员回来了，但仍是我们的头儿。路说：倒球啥子杯哩。吹瓶！于是我们仨各执一瓶啤酒，牙一呲就起了瓶盖。就嘬着嘴吹瓶。路吹瓶儿悠然，喝一口放下，再喝一口，再放下。亮却喝的灿然急促，喉咙里"嘎嘎"带响。就有女孩在邻桌独自偷偷地笑。

亮一抹嘴上的白沫，把还剩半瓶啤酒的酒瓶往桌上一顿：俺喝酒好笑？

路轻轻按了亮的肩头，朝那女孩一笑：看来这位哥们儿懂酒，不如过来一块儿凑凑热闹？

"这位哥们儿"叫青雪。因了她，这酒就喝得活跃。

青雪是那种耐看的女孩，鼻子眼都透着一种精致，一张有着柔和线条的嘴唇无论是喝酒还是说话，那若有若无的成熟的性感在蔓延。青雪好强，打工之余就读了党校大专经济管理。

现在我们的手头都有一张合影照片。照片是在雪后初霁的牡丹广场上照的，背景是几幢代表了我们所在的城市现代化进程的标志性建筑，在阳光的映射下熠熠生辉。我们中规中矩地比肩而立，并很认真地微笑着。路的微笑中有一种深沉的意味，亮的微笑则是咧着嘴没心没肝地调动着脸上的表情。青雪在一片洁白和我们深色衣服中突出了她刻意穿上的大红羽绒衣，苹果般的脸上是她生动而无邪的微笑。

摆位置的时候，青雪往那一站，我们都踌躇站位。最后一刻，路果断地站到了青雪的身边，我和亮分站两侧。对这种结果我和亮都不十分满意，可终究还是被拍成了照片，因为我们是战友。

半年后，路穿上了交管部门的制服。路说：在部队穿了几年的制服，回来还得接着穿！说这话的时候，路白皙的脸上透出几分自得。

路很勤奋而执着地进步着。我们再聚会，就由地摊转到了有档次的饭店，有的饭店一听路的大名，服务员小姐就很尊敬地称呼"路主任"。每次路都来晚，我们等他。路夹着黑包急匆匆地走进包间时，手机还在耳朵上贴着边对着手机说话边朝我们一一点头，眼睛一溜，便很随意地坐在了青雪的旁边。路感叹道：没办法，这一片到那个饭店都会碰到几个熟人。

后来，我和亮常在一起喝酒，给路打电话，却只有在手机里听到他沙哑的声音在游走。

一次亮喝高了，大着舌头问：你……知道路……的事吗？

我茫然地摇摇头。

亮说：他……变了。亮的话没有说完，就歪着头打起了呼噜。

在一个大雪遮掩了一切的清晨，亮、青雪，还有我，去为走向监狱的路送行。导致罚没款流失15万的路已经平静多了，默默无语，只是在囚车的铁栅栏后朝我们摆了摆手。

亮把手中的一瓶啤酒用牙一咬，点点滴滴洒到了脚下的雪地，雪地上顿时绽放开了一朵朵褐色的花。亮大声对路说：外面的事情有我们呢。

囚车鸣着笛越走越远，最后消失在一片洁白之中。

也就是在这个冬季，亮突然从厂里自动下岗，要出去混混。随亮一起走的还有青雪。

想起当年的"吹瓶"的人散了，只余了我和一片洁白，不禁一丝失落和惆怅涌上了心头。望着窗外飘飘洒洒的雪花，我打开了亮留给我的 E – mail。

……路是我举报的。青雪知晓了路出格的事，与我劝他了多次，可他不听啊。15 万！发展下去是要杀头的。我们是战友，不能看着不管！

　　我漫步在洁白的世界里，无声无息的雪花渐渐地铺满了我的肩头。日光下，雪不仅仅是白的，还有青的、粉的、黑的。

　　雪果然是多彩的。

# 哦，云岭，云岭

在兴文军旅 20 年的日子里，众多的地名中，云岭深深地镌刻在他的脑海里，犹如酿造得时间越长的酒而醇香绵长。

云岭是浙西大山皱褶里的小山村，村前大桥下的小河清澈见底，河边常有大姑娘小媳妇们就着圆润的河卵石捶洗衣服。

那一年，野营的车队过大桥，桥下花花绿绿的人群中响起一个清脆的声音：喂！兵哥哥下来呀！车上车下的兵们人们"哄"地笑作了一团。兴文看到，"那个清脆的声音"扎了个羊尾，着红上装，脖子上围了鹅黄色的丝巾。

那姑娘叫滢，是兴文他们房东的邻居。

滢的母亲是六十年代下乡扎根在云岭的杭州知青。在滢 5 岁的时候，滢的父亲失足于深山。

滢和一群姑娘总是随着当兵的转，而兴文总是能从观测器材里看到原野上飘着的那一抹黄色，紧随其后的还有五彩斑斓。这些，如同跳动在新绿中的音符。

房东大妈告诉兴文：滢的外婆家绣织丝巾是祖传哩。俏丽而又野性的滢从小跟着母亲手眼一起动，把个丝巾上的物件给绣活了。唉，滢的婚姻呀……滢的母亲吃够了孤儿寡母的苦，就将还在上高中的滢许给了前来提亲的一个乡干部的儿子。

在一个弥漫着雨丝的中午，兴文在村道上看到一个衣着整齐文质彬彬的小伙子与滢怒目对峙着。小伙子被酒精烧红了脸烧红了眼，却挡住不让滢走。滢的身上被雨丝淫湿了，兴文就过来劝他们：有话好说，何必要在这大街上……。

小伙子一言不发，照着兴文的胸口就是一拳。

兴文踉跄一下，稳了稳身子，站住。

滢阴郁地咬咬牙。

小伙子悲戗地叫道：都是因为你们当兵的。接着又是一拳打来。

兴文侧身接过拳头，顺势往怀里一拉，小伙子失去平衡站立不住，跌倒在了湿漉漉的地上。围观的人群"哄"地笑了。

等小伙子爬起来，两个人都转过身，不见了滢。

黄昏，兴文想了想，和严一起去看滢。他们从虚掩着的后门进到了一个回型天庭院。老屋的梁、椽、柱漆黑油亮，青石铺就的回廊露出了圆润的青白色，天庭院的中间还置放了几盆姹紫嫣红的花花草草。

在一面的回廊柱上的铁丝上，挂满了五彩缤纷的丝巾。这些丝巾在微风中轻盈地抖动着，使古朴的天庭院有了不尽的生动。

滢迎了出来，对他们一笑：嘿！兵哥哥来了?！请屋里坐。

滢的屋里浮动着一股清香，四周挂满了成品的五彩丝巾。丝巾上面有的是点缀了一丛兰花，有的是灵性的天目山翠竹，有的是一枝腊梅，有的是雍容的牡丹。

在衣架上，兴文看到了那一方绣着鸳鸯的黄丝巾，伸手想摘，滢快手把它拿在手中，嫣然一笑，随即又面向兴文展开。黄丝巾上面图案简繁相间，线条疏密有致，一对鸳鸯交颈戏水眉目有情，随着丝巾的轻盈抖动而栩栩如生。一方丝巾竟然蕴藏了几多的不尽风情。

当说起白天的事，滢涨红着脸说：不是那人好不好，是我不喜欢他们给我的这种形式。

夜的河边，水面上碎碎的荧光跳跃。领导找了兴文谈话，说是乡上有人反映兴文与地方青年打架。这事一定会调查处理的。

兴文烦闷地坐在光滑的河卵石上。军旅生涯就这样结束了?！

有一股清香悄没声地潜来，在黑的夜里流动。大桥静静地伫立，喧闹渐渐远去，只留下了粗重的喘气和轻柔的呼吸。

不知过了多久，兴文的身后有了一声轻轻的叹息，在兴文的肩头落下一片物件，温暖柔软包围了兴文的脖子和肩头。兴文心中一颤，摸到了那一方光滑的丝巾。回头，人儿已经隐没到了夜色中。

最后所谓的处理也不了了之。村里群众作了证明，是那个小伙子——乡干部的儿子——酒后滋事先动的手。

以后，兴文再未去过云岭。

车行大桥，见到了已是白发满头腰身佝偻房东大妈。房东大妈往新桥那里一指，波浪似的天目山绿竹掩映着一片白瓷砖包裹着的二层楼房。

你们知道吗？滢现在是总经理了，她办的天目山绢巾制品有限公司把村子都带活哩。

滢？

哦，傻孩子。为了你们当兵的名誉，滢跟了小杜——就是那个乡干部的儿子，其实那小伙子也不错。

兴文望着那片竹林发呆。一群花红柳绿的姑娘喧闹地从那里涌出来，清脆而又欢快的笑声若有若无地传过来。突然，兴文发现一方黄丝巾在那群花红柳绿中张扬地飘悠，是那样的醒目和温暖。

# 不会大声说话的人

张浩原来在部队是队列教练。当过兵的人都知道，在部队当队列教练的人除了一招一式的队列动作极其规范外，还有就是嗓门嘹亮厚重有力。一句口令一出，其嗓音能洞穿千米以外，使树上的麻雀扑扑愣愣地打几个滚栽倒地上；能使上万人马不由地浑身一激灵，挺直了身板，成为一个有机的整体，随着张浩的口令做起动作来。

铁打的营盘流水的兵，张浩于世纪之交转业回到了家乡城市的政府机关，做起了一名小公务员。没有了部队那样的环境，张浩的嗓门就闲置了起来。寂寥的张浩有时候早上起早跑到野外，对着阡陌荒野吼几嗓子。

张浩努力去适应"地方"这个环境，于是无论见到哪位正副领导，一律称呼正职。要揣着明白装糊涂，更为重要的一点，就是在这样的大机关说话平稳中速，忌讳大嗓门。女朋友金元就是这样交代他的。金元说：在一些办公、社交场合，就如咱们现在坐的这个地方——张浩与金元现在坐的这个地方就是有着宽大落地窗户和波浪般的真丝绒窗帘，有着昏暗的吊顶镂花灯、吊篮般的座椅的咖啡厅，似有似无的音乐流淌在这里的每一个空间。金元说得没有错，坐在这样一个幽雅的地方，任何一个大的音量都会破坏这里的和谐和安宁，所有的人都在低声地呢喃着，如同山涧淙淙流过的小溪。

张浩也要与时俱进呢。

张浩在机关里看到，人们说话的语音永远是匀速的，极少带感情色彩。笑，通常是人们极富张力的一种表情运用。对上级是谦恭的笑，再伴以"好！中！行！""马上去办！"等清晰低沉的语音；对同事则是平和的微笑，再不失时机地随和"是吗？嗬嗬，有这样的事？哎呀！你真是个好人。"同事间再有天大的鸿沟，哪有巴掌拍向笑脸人呢？！对下属的笑是要大度的，笑中隐含着威严，"呵呵，不错。有进步。好好干！"一双手再适时地轻轻拍向对方肩膀。

　　张浩逐渐融入了这样的环境里。领导夸他谦虚谨慎，同事们则说他是个好人。金元也偎到他的怀里，仰脸望着他，轻轻地吐出了"我越来越喜欢你了"这样滚烫的话语。

　　张浩有时也很怀念在部队的那些日子，于是早上起来，迎着朝阳，朝着露水高声地啊呀几声。可是张浩张大了嘴吐出的声音却如同拐了几个弯，嘶哑起来。明显地失去了厚重的感觉。但，就是这样的嗓子，张浩也是越来越少地亮了。夜生活太多呀！

　　这个秋天的雨水出奇得多，在连下了三天三夜后，城市边上的一道防洪渠的堤坝出现了险情，机关也忙碌起来。张浩随着领导日夜巡视在堤坝上，不知疲倦地冒雨奔跑着，紧张的时刻连吃饭也顾不上了。这个时候的张浩仿佛又回到了在部队的时光。

　　在一个雨中的黄昏，张浩随着领导在堤坝上巡视着。领导暗示张浩，等这次抗洪救灾过后，将要提拔他到某部门任一把手。张浩心中是一阵狂喜，但是面上却是平静谦恭地说：谢谢领导。没有您的培养，就没有我的今天。一干人随着领导在主要的地段察看，一阵闪电从长空瞬间划过，从闪电的光亮中，张浩发现领导脚下的一块土松动了，堤坝下的浪头一下一下地拍打冲刷着土岸。张浩想大声地呼喊，却不知怎的，嗓子紧了起来，喊出的声音是那样的细弱无力。也许是风雨的声音太大了吧，也许领导就着灯光看昏黄的水流太专注了吧，危险在一分一分地迫近……

　　在这万分危急的时候，张浩扑上前去想把领导拽回来，可是轰隆一声，张浩和领导随着轰鸣跌入了滔滔洪流。在张浩即将没顶的瞬间，张浩发出了一声响亮的呼叫：啊呀！

# 打扫卫生

我在办公室是属于比较愚笨的人，但是我的人缘好，不管是主任还是同事科员，上班来见了我总是很客气很信任很放心地用手掌按按我的肩，表示由衷的谢意。小李是女的，不方便按我的肩，况且她的个头她的手掌都比较苗条纤弱，估计按到我的肩上不足以表达自己的谢意，就很灿烂绚丽地朝我一笑，算是意思到了。

因为只要我到了，办公室里便窗明几净，地光溜滑，连同事们桌子上的茶水都泡好了。

我总是要早到办公室20分钟，勤勉地打扫卫生提壶续水，等到同事们来了，我的表现也刚好做完。同志们有目共睹啊，他们一放下包坐下来就能喝上我给他们新沏的茶水，并且根据每人的特点沏茶的水也多少不同。比如主任，他的头道茶只需泡一半，等叶子泡开再续上；比如老马，喜欢浓茶，他的大玻璃茶杯里有一半是泡开的茶叶，氤氲着无可辩解的醇厚……小李则是喜欢头天备好一包什么乳粉，上班来边工作边噙着吸管悠悠地咂着泡开的乳粉。我的想法是，我这个人虽然不很聪慧，工作能力表现得不是很充分，但是我勤快呀！俗话说：勤能补拙。就凭了这一条，没少得到领导和同事们的高度评价，每当年终几个人争那一个先进而不可开交的时候，赌气间都会想到我，而半公开地填上我一票，所以我也当过好几回先进的。

月有阴晴圆缺，人有悲欢离合。我不免也时时在情绪上阴一回悲一时，特别是在分房子提职等实际问题上，眼看着同事们一一跟进，即使

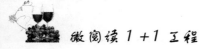

老婆表现得很坚强，我亦心绪难平。于是难免在行为上就表现出来。比如说校对文件就校漏，出去采购也会算错账多付或者少付——一般是多付的多……甚至打扫卫生也表现出了我的漫不经心，本来该给老马泡茶的程序无端地用到了主任的不锈钢茶杯里，而老马的茶杯里却只有几撮茶叶悬垂着，小李的乳粉杯子里还漂浮着一"质量合格"的小纸片。

在其后的一次办公会上，主任讲完重要的问题后，又强调了工作态度问题。毫无疑义地把打扫卫生泡茶水上升到了"室之大计"上，老马说：责任心啊，机关人员最重要的素质就是责任心要强，文件上如果错一个字，影响的是一大片呀！小张也迅速跟进：领导的习惯就是咱们办公室的习惯。美国名将巴顿不是说过指挥员的时间就是军队的时间么？所以乱了什么也不能乱了领导的习惯！小李倒了那杯我泡的带有质量合格纸片的乳粉，嘴里吸着新泡的乳粉悠悠地笑着说：你老庄啊真是有毛病哦，你不知道干事儿就容易出毛病？干的事儿越多，出毛病的机会就越多。不干事儿就没毛病，就可以指手画脚。打扫卫生是办公室里所有人的事儿，你凭什么全包了？还不是想表现自己当先进！你剥夺了我们其他人争先进的权利。

小李有极厚的背景，主任也耐她无何，也就说：是呀，你老庄不能太突出了，以后办公室的卫生大家都有份儿。老马小张也随声附和：原来是这么回事，你老庄用心极度险恶。咱这人厚道，脸上是红白杂陈，连话也说不全了。散会后，小李从我身边飘过，随着暗香浮动的还有她的嫣然一笑。

# 触摸爸爸

　　红土地上的这个小镇与其他小镇一样，有着许许多多的人，公家的人、经商的人、做田的人……镇子外面如黛的山峦，飘洒着玉带样的公路，来来往往的汽车就停留在镇子上，一会会，就再来来往往。

　　许多汽车在镇上停留，是要歇歇脚，吃吃饭。于是就有许多镇上或者周边村子里的妇女做起了汽车的营生，她们把玉米棒放在炉子上烧烤，焦黄焦黄的，很是诱人的味蕾，然后再用削好的竹签插进玉米棒的根部，用干净的塑料袋子包裹起来，看到汽车来了，就举着玉米棒对着汽车窗口叫：烧烤，烧烤，不吃还那样？

　　桉的母亲也是她们其中一员。

　　桉每日跟着母亲。母亲忙母亲的，桉就腰板直直地坐在离母亲两米远的地方，用一个搪瓷缸放在脚前，一言不发，任凭路人往里面或多或少地放几张纸币，或者叮咚响的硬币。如果叫桉论起来，桉更喜欢听硬币撞击搪瓷缸壁的声音。那声音悦耳。

　　桉的两手放在盘起的膝盖上，脸对着搪瓷缸的方向，眼皮耷蒙着。旁边有路过的人，当然也有外地的旅客，站住脚，把桉的上下周围看了仔细，并无惯常的文字诉说，桉的穿戴也整齐，不邋遢，于是就说：这孩子，乞讨也讨得正气凛然。这人就是镇上新来的民政助理，大学生，说话文绉绉的。

　　桉的眼睛是那一年玩炮仗给炸坏的。桉刚开始感觉到一片鲜红，一点微弱的光线引导着他，而后便是无尽头的黑暗的洞洞。桉和小伙伴们曾经钻过离村不远的一个山洞里，也在黑暗的洞洞里爬过很长时间，爬着爬着，就看到一丝丝的光线，最后是哭着爬出来的。母亲扑上来紧紧地抱住他，桉感觉到了母亲一抖一抖的，肩头颤抖不止。

爸爸长哪样？桉不晓得。桉从来就没见过爸爸的样，眼睛好着时，母亲指着学前班的课本上的天安门、五星红旗，给桉说爸爸在北京挎枪站岗，许多人都听他的，经常给他献花。可是爸爸为那样老不回来看他呢？不过，桉从此有了向小伙伴们夸耀的话题了。很多人都给爸爸鲜花呢。

镇上许多人都知道桉和他的母亲，许多人路过桉的面前时都要往桉的搪瓷缸里"叮哩咣当"地放硬币。桉把讨来的钱一张张一摞摞整好，如数交给母亲。可是桉的小动作还是被母亲发现了。桉给母亲交钱的时候，手心里攥着一枚硬币，然后悄悄地放到自己床下的鞋盒里。母亲偷偷看了，里面有了厚厚一层的硬币。

这样的日子平平静静地过了几年，外面的汽车还在来来往往着，桉也就长到了9岁。9岁的桉挺直了胸，就有人说这小大人。民政助理每月都要来看他们几回，路过了就停下来与桉或者桉的母亲说几句话。桉也觉得自己成为大人，就向母亲提出要到北京去看爸爸。桉还把床下的鞋盒子拉出来，举给母亲看：我有钱。母亲抚着桉的头顶，身子一颤一颤的，泪流满面。

母亲对闻讯而来的民政助理说：我带他去吧？民政助理默默地从身上摸出几张钱，递给桉的母亲，只说了一句话：早去早回。

母亲带着桉出行了，有时走路，有时坐车。经过了一片热闹的县城，桉问：是北京吗？母亲说不是。又经过了一片热闹的州府，桉听到许多汽车欢快地鸣叫，就问：是北京吗？母亲说不是。在一片人声嘈杂的地方吃米线，桉又问：是北京吗？母亲还是说不是，但是加了一句：快到了。

就这样一程又一程，没几天，原本清凉的天儿就走出了一身的燥热。母亲告诉桉：这里就是比家里热。

晚上住在招待所，床铺坐上去也是颤颤地直打颤。出门吃了米线，桉问：北京为哪样也有米线？母亲说北京啥样好吃的都有。一夜，桉没合眼，想象着北京的一切。

一早，母亲就带桉来到了国门一侧的 1 号界碑前。界碑周围是绿色的草坪绕着，再往外就是摸着溜溜光的不锈钢围栏。旁边，早已站着迎候的军人。母亲拽着桉的手抚摸界碑上"中国"两个大字，凸凸凹凹，摸着很厚实的感觉。又往上抚摸，就摸到了国徽上的天安门和五星红旗。桉满足地一遍遍摩挲抚摸，并与依稀还记得的画面相印证，最后叹了一口气：北京好是好，就是太小了……

在边防连队的荣誉室里，桉抚摸那尊挎枪昂首远方的半身塑像，摸到了耸着的鼻子，突着的嘴唇，还有圆睁着的眼睛，冰凉凉的。桉还闻到了一束鲜花散发出来的芬芳。可爸爸为那样不说话呢？连队干部都与桉的母亲一样，颤颤地流下了眼泪。

在回家的军用吉普车上，指导员把一卷钱塞给母亲：这是全连战士的一点心意，送桉上学吧，上盲校，学费我们连队一代代地负责到底。

桉没有听到这一切，他只顾沉浸在"北京"的一切。随着吉普车的颠簸，燥热逐渐消失，又是一片清凉世界。桉还在想一件事：爸爸为哪样不说话呢？

# 工作效率

　　会干的看门道，不会干的瞎胡闹。办公室里的工作繁繁杂杂，办公室里的人各有千秋，但是为啥有人当领导，有人就是个小办事员呢？混到快退休了，弄个主任科员或者副主任科员的安慰奖。这也是办公室的一生哦。

　　当然，这里的区分除了学识能力机遇外，还有的就是会在适当的时机做出适当的工作来。比如到年终总结了，小李和老马就分别接受了一份材料的撰写。小李是名牌大学中文系毕业的才女，笔杆也快，去年的一次现场会，上级来的领导临时要在大会上讲话，需要一个简单的有专业术语的基本讲话稿，这件事情就交给了小李。时间紧，任务重，小李一个中午没休息，在电脑上捣鼓了好一阵，赶到上班前把这个讲话稿打印了出来。上级领导很满意，我们主任看着上级领导满意便也很满意，我们当然也跟着主任满意。小李破天荒地红着脸说：谢谢领导和同志们的鼓励，都是我应该做的。

　　这次年终材料的撰写，小李当天就拾掇了一大堆的资料查阅摘抄，晚上加了一个夜班，第二天一早就把材料放到了主任的案头上。主任呵呵一笑，也不急着看材料，只是双手抱着暖和的茶杯暖了暖手，又端详了杯子里漂浮的毛尖，啜一口，这才用两个指头把十余页的材料翻了翻，走马观花一番。主任说：嗯，基本不错，就是单薄了点，材料的总体要求如同女人样要丰满……说到这里，才觉出小李就是女人，这样说话很不合适，马上改口：机关里的材料除了文笔外，还需要切合实际的观点，

138

理论高度的概括，工作实践中的翔实事例等等，总之，要丰满。

　　小李回到办公室，看到老马在那里悠闲地翻看着一些诸如《求是》杂志、政府工作摘要等报刊，桌子上并无半点动笔的迹象，便扭着腰肢把自己的材料给老马，请他给提提意见。老马扶扶鼻子上的老花镜，仔细看了小李写的材料，放下。答非所问地说：材料需要起伏，有线条，工作效率也需要适当，高效率不一定就是最好的效率，而最好的效率不一定就得高效率。懂了吧？小李疑惑地摇摇头。老马呵呵一笑：主任给咱们交材料的时限是多长？小李答曰：一星期。嘿！那不妥了。这几天咱们的主要任务就是收集资料，读透上级领导的讲话和文件，你每天要忙，忙得不可开交。等到最后时限提前一两天再把材料交到领导那里，听取了领导的意见回来再修改，基本就可以通过了。

　　小李恍然大悟，把材料往抽屉里一塞，每日翻报纸嗑闲话，有时还到市场转转（对外说是下基层收集资料）。末了，还是那份材料略加修改递给主任，主任学着小品演员的口味说：不错，不错！那是相当地不错。至此，小李觉得自己又成熟了许多。小李感谢老马，不过觉得老马快50了，咋还是个副主任科员呢？捉摸不透，捉摸不透就不捉摸，爱谁谁！小李就哼着巫启贤的歌，蝴蝶样地飞出办公室的门。

# 阳光打着我苍白的脸

　　我蜷曲在网吧的小单间里，为了我论坛上的那些朋友。已过子夜，白日喧腾的街道现在也寂静下来了，只余了夜归人在"呵呵"地高叫。如今的人啊，只有夜深人静才有高叫的机会。单位有领导，在家有父母老婆，管着哩。

　　网吧的大厅里面隔了两个单间出来，门一关就与外面隔绝了。我全神贯注地盯着显示屏，十指敲着键盘，不停地翻飞。尽管上这个论坛才三个月不到，今天晚上我将冲击我的10000个发帖量。突然，我隐约听到外面有人问：庄学在吗？我停止了十指的蠕动，专心倾听外面的动静。网吧老板说，谁是庄学？你老公？不在。我看显示屏的右下方，数字钟告诉我，我已经猫在这里四个多小时了。

　　风侠发来悄悄话：你丫的和珠儿结不结婚呀？老泡着人家干嘛？

　　我给风侠回了个笑脸。

　　三六九也在论坛发了个帖子：My God，我灌水灌到了侠圣级别了。才一个月呀！

　　我在三六九的帖子后面也跟了个笑脸，打上"沙发"二字。

　　站起来，努力地把腰伸直，一丝尿意在腹中隐隐升起。推开门，向右走三步，向左走五步，出了后门再走出五步，进了一处公共卫生间。抖完最后几滴残尿，竟然抖到了我的脚面。像我这样的年纪，随便一呲不得三五米远？有一次在野山坡上，我与风侠、三六九比尿尿。结果我呲得最远。风侠说我作弊，提前喝了一肚子水，憋的。风侠付出的代价是……如今我是怎么了，不该到尿尿湿脚背的年龄呀。

看公用卫生间的大嫂，听到硬币的叮当，睁开睡意蒙眬的眼睛，动用了很多条脸上的等高线，勉强送给我一丝笑容。下岗了，看个厕所也很不赖。昏黄的灯光让黑夜挤压成一团。

珠儿突然有两天没有在论坛上露面了，QQ上的头像一直是灰色的，失却了鲜活的闪动跳跃。我习惯性地在她的QQ上打下一连串的"?????"。以前那些情啊爱的仍然在文件里面保存着，可是幽深的网络世界仿佛成为时空黑洞。珠儿不知从哪儿整来那么多的动漫插件，在聊天的过程中一会儿给你一个灿烂的笑脸，一会儿又送你一杯冒着热气的茶水咖啡，或者是一双纤纤细手，或者是一个鲜红的嘴唇，使你不由地心旌摇动，宛如贴身媳妇。

媳妇常嗔怪我是一个只会十指蠕动的虫子。这是媳妇给猫在电脑前的我端来一杯热茶时说的。在这寂静的网吧，我倒怀念起给我端热茶的媳妇来。

珠儿是个特殊的网友，我们在QQ和论坛上恩恩爱爱这么多时月了，从来没有给过我视频。她说一视频就没有了自由，就失却了神秘感。网络的魅力就在于神秘感。她在QQ上打出这一行字，我惊讶着她的清醒与入木三分。我回答她：网络的终极目标仍然是人的面对面。珠儿问我：那咱们同居吧？可是珠儿不等我回答，就又迅速地打出一行字告诉我，有一大款想包她。珠儿回答他，你想包我？那就把钱直接打到＊＊学校吧。我猜想那＊＊学校一定是珠儿就读过的山村小学。

今天晚上，不，今天凌晨，我才知道珠儿离我是多么的遥远。

我沉思良久，给风侠打出一个"886"。

给卧在论坛上的三六九回了个帖：下班了。

同时我又坚决地在QQ上把珠儿删除掉，因为我不可能再拥有她了，尽管是在虚拟世界。

网吧大厅已经有新来的学生，很青春的男女。他们对家的概念就是

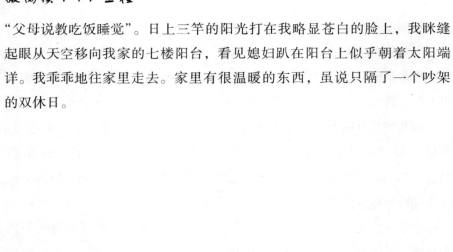

"父母说教吃饭睡觉"。日上三竿的阳光打在我略显苍白的脸上，我眯缝起眼从天空移向我家的七楼阳台，看见媳妇趴在阳台上似乎朝着太阳端详。我乖乖地往家里走去。家里有很温暖的东西，虽说只隔了一个吵架的双休日。

# 两个人的黄昏

老婆今天出差走了，高云就在想今天晚上如何打发。

办公室的同事李燕着了一件鹅黄色的连衣裙，在高云的跟前站定，高云被这婀娜身材吸定了目光，有点痴痴的了。

李燕浅浅一笑：高老师，该下班了。

高云这才一惊，把目光收回来，不好意思地说：晚上如果没有活动，我请你喝咖啡吧。

李燕轻盈盈地笑，不置可否。这时，张局长从外推门进来，很认真地对李燕说：小李晚点走，我给你说点事。又面向高云：那个关于下岗职工再就业的报告明天出来没有问题吧？得到高云肯定的答复后，着精致蓝短袖的张局长一挥手，颇有风度地说：早点回去做饭吧。

孩子住校，高云懒得做饭，就着电视新闻草草吃了点生黄瓜。空调咝咝作响，高云把三十多个台浏览了一遍，就随手把遥控器扔到了沙发上。高云感觉到了皮肤有些发紧。

高云信步走在街上。天色微黑，路灯也发出了惨白的辉光，透过树影婆娑，人行道上就有了一地的斑驳。有几个人就着街灯围着一盘象棋摊，眼神专注，全然不顾闷热的温度和匆匆的路人。高云瞥了一眼，就又向前走去。路的对面，连着有几个发着暧昧的浅色灯光的美容理疗室，门口站着发廊妹向路人抛着媚眼。高云径直走了过去。金碧辉煌的咖啡厅临街大玻璃墙辉映着不很明朗的光，里面人影憧憧含含糊糊，流淌着的水帘把里外分割成两个世界。靠着玻璃墙有一鹅黄色和蓝色的两个人影隔着条台头很近地说着什么，高云的心就莫名其妙地被刺疼了。

高云空洞洞地在玻璃墙的外面站了一会儿，就往回走。那些美容理疗室门口的霓虹灯在跳跃地闪烁，将路面的颜色匆匆地变幻着。高云突然有了与发廊妹搭讪的欲望。发廊妹穿着低低的胸衣，那个部位张扬地耸着，妩媚的眼睛泛滥地盯着高云。临近，高云心里又虚飘起来，于是就有意大动作地甩着手，嗅着发廊妹身上散发出的刺鼻的化妆品香味走了过去。发廊妹咕哝着含糊不清的语调在变幻的夜色中浸染。

那群人还在围着看下棋，有人干脆脱了上衣，发白的肉惊人地亮着。高云虽然也站在了旁边看着，心里却想起咖啡厅里鹅黄色和蓝色的两个人影。平时我怎么没有看出来呵。

厂子放了长假，楼宾心中就总有着莫名的烦躁。妻子下岗后在外面干保姆，下午三四点钟去上班，夜半时分才回来。说是照顾一个有钱的老太太。穿着大裤衩和背心的楼宾晃荡在黄昏后的人行道上，虽时有微风吹来，还是沁出了一身的细汗。

路过一群人围观下棋的地方，楼宾也探头看起来。执红的青年人拿起红车犹犹豫豫。楼宾看到红车有个吃黑马的机会，但是吃了黑马后，红车就处在不利于出击的地方，落了后手。围观的人群有了小声地议论。高云知道那是黑棋设下的一个套，就是想把先手和的主动权牢牢地握在自己的一方。但是高云信奉观棋不语之君子之风，只是心里默默地说：主动？主动权？……

青年人还在犹豫，面颊也淌出了汗珠。犹豫片刻，青年人手里的车终于落在了黑马上。高云微微地摇了头。楼宾急了：你这步棋真臭！不该贪吃啊。整个一臭棋篓子！青年人嘴里有了骂骂咧咧的声音，从口袋摸出了5元钱扔给了对方。青年人伸手就抓了楼宾的背心，高云忙把身子往边上趔了趔。

正在与青年人对峙着的楼宾突然定定地看着前面，高云顺目光看过去，只见美容理疗室的霓虹灯下，一发廊女正往一辆小车里钻呢。楼宾拼命推开青年人，向那小车跑去，嘴里还喊着什么人的名字。

小车急速地从楼宾的身边驶走，丢下了站在路中间失神的楼宾。

　　后面一辆面包车刹不住车了，把楼宾推出去了好远。楼宾在路面上打了几个滚，身子歪在了路沿边上。经过了一阵忙乱，路上平静了。高云慢慢地往家走。鹅黄色和蓝色的两个人影在脑子里已经淡去，在眼前晃悠的是楼宾睁着的两只绝望的眼。

　　高云终于没有了浮躁，这个黄昏并不是很热。

# 追寻曲文丽

也许是日子太滋润了，也许是平静的生活难以再有激情，我突然想出去走走。到什么地方？S 市。潜意识里出来的想法竟然使我有点脸红。S 市里有我的初恋的人儿，但是据我听到的消息，她的日子过得并不舒畅，做了官的老公用不知从那里弄来的钱包了"情人"，事情弄大后又被双规了。

我对妻子说单位派我出差，当下就收拾来到了 S 市。我一路上都在回忆 20 年前的她，现在会是什么样的呢？我弄不清是在什么时候对她有了特殊的感觉的，可能是在上高中的时候吧。那时的冬天，学校在每间教室都生了煤炉以取暖。有一天的早自习，我和她不约而同提前来到了教室，只有我们俩。也许这就是缘分？我们两人对脸坐在煤炉的两旁，逐渐旺盛起来的炉火掩饰了我羞红的脸。在此之前，我还从没单独面对过一个女生。她的两只小手放在炉火的上面，那双手手指修长，手掌和手背没有突出的骨骼和经脉，以红火为背景，如同 X 光将那双小手显现的玲珑剔透，使整个小手呈粉红色，里面的毛细血管似乎都可以看清楚，那是怎样的一双尤物啊。我总想伸手去盈握那双尤物，却又犹疑，自己的手就在炉火的边缘不安分地来回搓动。她好像无意识地把自己的一双小手在我面前滑了一圈，等我刚想伸出手，她冲我浅浅一笑又很优雅地将手收了回去。就在我心猿意马，下决心要盈握这双尤物时，门外有了同学的说话声。

这次火炉之缘，将我潜意识里对曲文丽的倾慕诱发出来而一发不可收拾。平时目光紧随着她的身子转，话却不敢同她多说，生怕她给了自己难堪。有一次，她请假提前回家，我也急忙寻了理由跟了出去。我不远不近地跟在她的后面。她的腰身在后面看是流畅自然，两侧的线条从圆润的肩膀上滑下来，缓缓地向里收至腰间，而后这线条又夸张地勾勒出浑圆的臀部，随着修长的两腿前后运动，腰身就很生动地摆动起来，那双小手在圆臀的周围悠闲随意地摆动。我当时如痴如醉地跟在后面，不知道自己要干什么。到了她的家门口了，她猛地转过身朝着我嫣然一笑，问：去哪儿？我嗫嚅。她阳光灿烂地说：去街上买东西？对，对。买东西。我大窘，快步走了过去，留下身后一串银铃般的笑。

到了 S 市，住进了宾馆刚放下行装，我就给她打了电话。电话里的她一听是我，声调立刻充满了愉快和柔情，立即答应了赴约。

我独自默默地坐在"咖啡屋"一个临窗的地方，品着咖啡，静等着她的到来。

咖啡香味浮动，我的心却有些忐忑不安。与她在 20 年后再见面，会是什么样的结局？我从没有想明白。两个家庭已是横在两人面前的一道鸿沟，跨越这道鸿沟是要极大的勇气的。当初她高中没有毕业，便到部队和一个军官结婚去了。消息很突然，让我们全班的男女生唏嘘不已，沸沸扬扬了好长的时间才停息下来。后来的我和她以及他们在各自的人生坐标上经营着自己的人生，她从我的头脑里如秋日的薄云渐渐淡化、消失。

等她来到了我坐的台位前，我从她那精心修饰过的眉眼间还能依稀看出她昔日的靓丽。她轻轻地晃着吊椅，很感兴趣地张望着这间咖啡屋的雅致装饰。她随意地向我述说着自己的家庭，语句里充满了对她丈夫的惋惜、憎恨和轻蔑。说她的丈夫被那小婊子迷得浑三倒四的，每天到家两人间没有几句话。她咬牙切齿地说：没门，我非耗着他不行，让那个小婊子也不能称心如意。我把我的美好青春都贡献给了他，那个时候他为啥不说我庸俗、没情调？在说这话的时候，她的双手随意地摆弄着咖啡杯，临窗的光线射在她的手背上，显现出了骨骼和经脉，指甲上还涂抹着紫红色。我觉得那颜色是那么的僵硬、死板，在它的衬托下，这手就变得榆树皮般的干枯生涩了。

　　就要分手了，她热情地说：老同学见回面不容易，抽时间到我家去吧，孩子上学住校了，咱们再好好聊聊。在学校的时候你可是咱们班的大才子哩。就在这一刻，她的脸上写满了真诚、柔情和期盼。

　　我很快结束了 S 市之行，也没有到她的家里去。回到家的时候，妻子惊喜地问：这么快就办完事了。我笑笑。

# 寻找庄庄

庄庄走失了，眨个眼皮的功夫，一抬眼，庄庄就不见了。母亲失了魂，萎靡在沙发上，出去转一圈，回来，再萎靡在沙发上。从此，我的电话就没消停过，母亲在电话里"庄庄、庄庄"叫个不停，我不去找庄庄都不行。丢就丢了呗，大不了再去抱养一只，再起名叫"庄庄"。我的事情太多了，还都是些大事情……呵呵，庄庄就是我们家的那只黄毛狗。明白了?!

要说起来，我也真的很无奈，上无哥姐，下无弟妹，独生子女呗，凡事就靠了一人，生存压力特大。自父亲去世后，孤独的母亲从别人家的狗窝里抱了一只黄毛黑鼻子的小狗，胸前还有一撮白毛，看人的大眼睛水汪汪的，很是惹人爱怜，母亲一下子就喜欢上了。当然，我也喜欢上了，牟平——我媳妇——随着我也喜欢上了。我们偶尔回到家中，庄庄知道是咱家里人，鼻子脑袋蹭在怀里哼哼唧唧撒娇讨欢心。因此，我还训练过庄庄的直立行走哩，虽然最终因其他母狗的色情诱惑而告失败，但它的聪慧无人可以否认。

回到家里，我们总是能够看到这温馨的一幕：母亲坐在沙发上，怀里俯卧着温顺的庄庄，四目相对，亲情顿生。母亲有的时候微眯着双眼，惬意地如同被人按摩到了要紧之处。也有时候用小梳子将庄庄从头到脚从脚到头细细地梳理，那情景像在侍弄自己的孙儿。哦，也许我小的时候也被母亲这般地抚爱过吧。说到孙儿，我是怕母亲唠叨的。我和牟平一致同意要在有孩子之前多要几年，就一个孩子，晚要几年有啥关系呢。

即使"丁克"了，又有啥关系呢。我问母亲，人老几辈也没见把狗宠成这样，横竖比人都金贵。母亲说，那个时候孩子一个接一个地抱，哪有时间去宠狗哩。我自是无言。

终究，我还得出去寻找庄庄。如果我不去寻找庄庄，母亲就得满大街地去转圈寻找，回到家来就得萎靡在沙发上。母亲如祥林嫂般地逢人便问：师傅，见到我家的庄庄没有？哦，没多高，三十多公分，男的，不不不不，已经5岁了。黄毛黑鼻子胸前一撮白毛。喊，是条小狗呀！没看到没看到……那模样，就好像是我们虐待了她老人家，是我们抛弃了庄庄。我只有放下我的那些大事情，去寻找庄庄。

我和媳妇牟平先到遛狗人齐聚的牡丹广场。牵着的，抱着的，丢开撒欢的，精致的博美，雪白的萨摩耶，细腿恰腰的牧羊犬，体壮浑实的藏獒，一一浏览过去，没有我们家的庄庄。我们不厌其烦地向那些遛狗人述说我们家的庄庄，庄庄的体貌体征以及喜欢追逐母狗的特性，那些大叔大妈们无一例外地奉送着怜悯与同情，无一例外地谆谆教导着自己的爱犬：现在的世道多复杂呀，乖乖，记着回家的路哦。宝贝，听话，咱回家了。

我们又登陆爱犬者联盟网站，这里是狗的天堂哩。狗的美容，狗的饰品，狗的用具，狗的饮食起居，五花八门无所不有。才没几年，西风东渐，众起仿效。我在论坛发出寻找庄庄的帖子，马上就有人跟帖"惋惜""同情""祝愿""呼吁"，甚至有人从狗的历史狗与人类的关系狗与现代社会现代文明的关系……洋洋万言详而论述。

我们只有在大街上游走寻觅，把自己也走成了一条"走狗"。我看到，有的狗嗅嗅地面，沉思一番，再嗅嗅地面，再沉思一番。有的狗跟着主人，鲜亮着，耀武扬威着；有的狗非常谦虚地溜着右侧墙边，低眉顺眼无声遁去；有的狗如贵妇人千金小姐般地万般矜持碎步走过。它们或威猛或妩媚或窈窕或佝偻，但都不是我们家温顺的庄庄。

突然，我支楞起的耳朵听到了庄庄熟悉的叫声。一位清癯老人牵着黄毛黑鼻子胸前一撮白毛的庄庄走过来，见到我们，庄庄异常兴奋，像失散多年的嫡亲。我俯下身子亲切地说，庄庄咱回家。老者抓住庄庄不放。庄庄看看老者，又冲着我们吠了几声，我听明白了牟平也听明白了。庄庄说，我是小狗庄庄。我不是你，也不是她，我能代替你们回家么？

　　是呀，它能代替我们回家么?!

# 翟镇街往事三题

## 绅士何路也

翟镇街不算大，一条街被官道横贯东西，街中心就是十字路口，街市热闹，炊烟飘逸，招幌悠然，白家的光彩彩裁缝铺、李家的李记煎饼锅、陈家的家常杂货店、孙家的香满街八碗四小饭馆……依次铺陈开来。官道上跑郑州上洛阳人来车往，一溜儿尘烟终日不绝。自然，骡马车辇到了翟镇街就要小憩。过路的官府商贾，挺胸凸肚一水的豪气，坐到应春楼里七碟八碗吃三喝四地吃喝；仔细得案板底儿能刮出一碗面的走卒们贩夫们，就着杂碎汤白开水吃自带的蜀黍面馍，也能凑合。

偌大的翟镇街主家是夹河滩首富何家，何家的主家是何老爷何路也。

何家祖上最初做的是白酒生意。同治三年，何氏酒业开张，在一只青皮竹竿挑出的黄须红底的酒帘下，一溜的伙计们每人挑了两坛子的酒在翟镇街蜿蜒排开。几千头的鞭炮震耳欲聋"噼噼啪啪"地响罢，挑酒的伙计们把酒顺街东西一洒，顿时酒香满街串流，人人陶醉，由不得你不呲溜下鼻子。人群散去，当街醉倒了好几条大狗。何家基业传到何路也这一代，已是囊括了七行八作的大商户，触角还伸展到了偃师洛阳。

何路也，脸阔，白胖富态，走路沉稳，步幅常在尺五样，手执一柄黑绸折扇一步一摇，三七分的头发常年纹丝不乱。何路也上过洛阳中学，乱世中被他爹何富贵拽了回来学着做东家，日本人来了便做了翟镇街的维持会长。

晨起，何路也在自家院子长衣长裤地打一通太极拳，略事休息喝茶漱嘴，然后一路与人打着招呼优哉游哉来到柳家的凉粉条摊前，清清爽爽地吸溜一碗凉粉条，偷觑一眼扎着蓝布围裙、腰身窈窕的柳家媳妇，再优哉游哉地转到东头，到祝大手的按摩诊所前站站，同与自己打招呼的人们点头致意，最后四平八稳地转悠回家去。即使做了被人暗地唾骂的汉奸，何路也依然优哉游哉，躺在摇椅上晃悠着吟咏"处幽篁兮终不见天，路险难兮独后来"，晃着吟着，整个翟镇街也就随着他的晃悠忽高忽低，忽而蓝天忽而黄地。

柳家媳妇姓白，与柳家老二自小就定了姻亲。待白姑娘长成窈窕淑女风摆杨柳般的时候，绅士何富贵就有心把白姑娘说给在洛阳读书的儿子何路也。何路也知道白姑娘心有他属，就与他爹说了婚姻自由的话，气得何富贵脱下布鞋要扇他的脸。

这个夏日的夜燥热蒸腾，无了蛙鸣蛐蛐叫，偶尔的犬吠搅动着烦闷的夜空。后半夜，何路也家的大门被人拍响，开了门，鱼贯进来七八个人，还有被搀扶着的一个人和他们长长短短的七八条枪。何路也慌慌地连鞋也没穿好，踢啦着迎了出来。就着飘忽不定的油灯，何路也认出了是张远，洛阳中学的同学，如今在南坡八路军老皮的武工队当队长。原来张远他们在田寨与鬼子的便衣遭遇，混战中张远扭伤了腰，行动不得。何路也用手把散乱的头发理顺，沉思片刻，说天亮即亲自去请翟镇街东头按摩诊所的祝大手。

夜空纯净，繁星满天，翟镇街四下里黑咕隆咚。何家的这一幕被一双嫉妒而又狂喜的眼睛尽收眼底。

## 柳家的媳妇

这双嫉妒而又狂喜的眼睛是柳家老二的，柳家媳妇就是他的媳妇。

柳家媳妇的脸盘周正，低眉含笑惹人爱怜，抬头微笑给人热情，在凉粉条铺子前的腰肢扭动，给人以动中之韵律而回味不尽。白姑娘在柳家老二与何路也间选择了柳家老二，最终成为柳家媳妇，其实都是白姑娘的大主意。白姑娘看起来柔弱纤小林黛玉般，心思却很正，一句话把心思活络的爹说转了回来。白姑娘说：以小看老，看人得看以后。咱小门小户的，柳老二和何家小子那个能过日子？爹你不清楚？

柳家老二怜惜自己的媳妇，不让她下地干活，也不让她出去摆摊，生怕别人惦记啰。可柳家媳妇就是柳家媳妇，任自家老头说啥，只一句话：地可以不下，摊位得出，咱家就靠这凉粉条摊有俩活络钱。柳家老二无奈，就叫了小兄弟柳三帮衬着嫂子。自己除了清晨早起把粉条漏好，还把那一亩三分地拾掇得四季缤纷。

终归自家的媳妇是个牵挂，终归何家老爷何路也天天借吃凉粉条与自己的媳妇起腻，柳家老二有时驻锄远远地瞅他家的凉粉条摊，眼睛被喷出的火苗看啥都成为虚腾的物象。

柳家的凉粉条摊就在翟镇街中央的道边上，一溜摆了四张小条桌，十几个小凳子分放两边，小条桌的一端，是柳家媳妇守着的调料桌，调料桌上个挨个排着各味调料的小土罐罐，桌子下面就是两大桶的凉粉条。有吃家来了，柳家媳妇用手抿一下头发，把额头的一缕抿至耳后，麻利地用了一尺多的长杆筷子从桶里面挑出凉粉条，往上耸耸，让吃家看看这清辉透亮瀑布般的粉条，待水沥干，放进碗里，刚好一满碗，然后柳家媳妇嘴里问着吃家要甜点还是咸点，要辣点还是酸点，一边的调料小勺蜻蜓点水风过一般的在白生生的凉粉条碗里搁上了翠绿芫荽末、点点黄芝麻、深红的蒜酱醋、鲜红的辣椒油。看着柳三把放好佐料的凉粉条端给吃家，柳家媳妇这才把蓝布围裙弹一弹，无意中把勒了围裙的胸部挺了出来，腰身顿显。吃家用筷子把凉粉条拌匀实了，叼一小筷子凉粉条跳溜一下子就进了嘴，再在舌尖略一品味，醇厚香浓满口生津，凉粉条不及停留就滑进了肚子里。吃家仰脸的大舒坦，微闭双眼吸一口清晨的凉爽，随后就是一筷子接一筷子一口接一口，一碗凉粉条马上就见了底儿，连碗底的汤汁也呼噜干净了。最后，唤过柳家媳妇接了一张纸币

银手链

或者银币，再乜眼风韵十足的柳家媳妇，满意地踱着步子走远。吃家不仅仅吃这味美的凉粉条，重要的是吃一种韵味、吃一种氛围。

原来，这柳家媳妇也是吃家眼里的一道鲜美的调料哩。何路也每天到柳家的凉粉条摊前，似乎就是等待和品味柳家媳妇那道靓丽的风景。

柳家老二通常凌晨即起，赶到天蒙蒙亮把两大桶的粉条漏好放井里冰好，而后就是柳家媳妇清晨新鲜出摊。也就是在那个暑热氤氲的夜晚，柳家老二正在茅厕惬意地滋尿，看到了何路也门外的一幕。

柳家老二决意要告何家通匪。

一整天，柳家老二兴奋地四六不着地，在院子里面转来转去，逢鸡踢鸡，逢狗骂狗。下雨了，柳家老二烦躁无比地听着"嘈嘈切切"雨打墙的声音，雨滴不断线地坠落，屋檐下一个连一个的小坑承接着滴下来的雨滴，"叽叽咕咕"前赴后继地冒着水泡。你何家的财富还不是偷奸耍滑坑蒙拐骗来的？我柳家起五更搭黄昏，为啥发家就这么难？柳家老二越想越坐不住，焦躁不安地走起来。柳家媳妇呵斥她丈夫：你施烦人！人家何老爷磨圈是消食是散步，你是驴拉磨呢。那些人谁知道是哪一路的刀客？咱不去惹那事。一旦做下丧良心的事，丢人打家伙。

柳家老二气咻咻地说：何家是吃着碗里看着锅里，还老想在你跟前起腻，大骚货啊！平时都听你的，这大主意你娘们别掺和。

柳家媳妇看自己老头一根犟筋，就想到了祝大手，他是翟镇街颇有见识的外来户。眼虽盲，心明着呢。


## 祝开山的祝大手

说不清是哪一年了，祝大手的娘牵扯着他磕磕绊绊来到翟镇街投靠亲戚开办按摩诊所，翟镇街的人们不嫌弃，却好奇，比如说，祝家的其他人呢？洛南是好地方呢，咋就存不住家？祝大手眼窟窿是塌陷的，是咋了？唉，人家的伤心窝的事，不说也罢。

祝大手成为祝大手不仅仅是五指张开如张大蒲扇，更是手上的功夫

155

了得。与祝大手喝酒猜枚，一般人还真不是对手。猜枚时，对方得把自己出枚的手放到祝大手的左手掌上，祝大手凭感觉与你应对，对方手上指头一伸一张，均能准确感受到。盲人少了外界的纷扰，心思都是十分的专注敏捷，明眼人哪是对手？祝大手酒喝多了就自得地说，人身上的筋脉肌肉在我手上就是一堆散乱的零件，怎么推拿捋顺还不是由我?！

这话说得很自信了。但凡有个腰酸腿疼脖子歪直不了腰的，叫祝大手上下施手，一番拿捏后，弯腰的直着走出去，抬进来的挺胸走出去。病人被祝大手初始的舒筋展骨整的仙人般的舒坦，两手放松地耷拉在按摩床的两侧，眯着眼睛把脸埋在床头挖的小洞沿上。被推拿到了要紧处，幸福得直哼哼，只想那大手能够在那要紧处多停留一会儿。待到一些穴位的强刺激，祝大手的手劲就大起来，毫不留情地大，病人的闲适没有了，只有麻木发胀难以遏制的难受，只有紧张呻吟叫唤，只有咬了牙地坚持。等被祝大手轻轻地拍了肩膀，下了床，才觉出了浑身的轻松与自在。

祝大手虽是个盲人，对世事却是洞明得很。祝大手曾私下与人评论过何家，说何路也是上过洋学堂的绅士，明白大道理的，待翟镇街的人不势强。

祝大手被何路也亲自请到了何家。病人张远俯身趴在一张长条桌上，祝大手用白布单覆在病人的背上，初初地推拿舒展筋骨，便觉出了肩头的硬踮，再摸摸手，知道病人是耍枪弄棒的，心下顿时一惊。祝大手不动声色地问着手感轻重如何，一问一答间，俩人的话就多了。张远说：听学兄何路也说了，祝大夫是侠义爱国之人。对真人不许假言，我是南坡老皮的人，专打日本鬼子的。希望祝大夫日后为抗日、为民族解放出把力。祝大手点点头。张远又说，小日本在洛南毁了好几个村子，坏着哩。闻此，祝大手动了心思，就问张远家里还有什么人。张远深深叹了口气，说没有亲人了。那年因为一点琐事，与村里的楚家打业，两败俱伤，哥哥、父亲重伤不治身亡，母亲也连吓带病去世了。自己当时在洛阳上学，才幸免于难。听说楚家女人带了一个孩子逃到外面去了。真是

作孽呀！

祝大手听着，手上不由地用上了劲，张远"啊呀"一声呻吟，祝大手才回过神来。张远从按摩床上下来，扭扭腰，连连说好。祝大手淡淡一笑：还得再按摩两次，不然以后会留下病根的。

伊河大堤旁，供果香帛在祝大手老娘的坟前摆置好，缕缕香烟摇曳，白色纸幡随风飘荡。祝大手跪伏头触地，如是再三，徒弟们也紧随其后叩头。祝大手大恸，咿咿呀呀地哭喊起来。当年楚张两家，打得不共戴天，即使逃亡出来改姓为祝，也从无忘记楚家的血海深仇。张远呀张远，你咋就是老皮的人呢，你咋就是打小日本的人呢！你要真是土匪，我就不作难了，凭我的大手，在按摩床上就可以拧断你的脖颈……虽说了结了楚张两家的冤仇，可我又成了啥呢?！

天上黑云翻滚，雷鸣电闪，大雨就"哗哗啦啦"地从天上倾泻下来，很快把祝大手等人的衣服里外湿透，紧紧地箍在身上。祝大手不管不顾，一身泥水地趴在老娘的坟头，呢喃说老天爷都说话了，老天爷都说话了！

夜下的翟镇街街灯如豆人影稀少，祝大手被柳家媳妇搀扶着，避开一个个残留的明亮的水坑，沿着黑黑的路，被请到了柳家。一到柳家，柳家媳妇赶紧扎上蓝布围裙到厨房给祝大手烧鸡蛋茶。祝大手与柳家老二聊家常、聊庄稼、聊左邻右舍，后来还包括柳家媳妇一起聊了很长时间。好像是说古，说古代的文天祥岳飞什么的。又好像说今，说张远张队长何家何路也，说洛阳的鬼子维持会，说南坡的八路军老皮，还说到了民族大义……夜深了，凉风习习，众人周身的汗渍烦腻也尽数消失。

月朗星稀，翟镇街一片静谧，偶尔，大街上有夜归的人的"啪嗒啪嗒"的脚步……明日又将是一个明快的夏日。

# 流逝的痛苦

　　无边无际的星空，深邃悠长，身体是静态的，可是又好像乘火车穿越永无尽头的隧道……秦小伊在迷迷糊糊的状态下犹如跑了个长途，一睁眼，天已大亮了。老公做好了早餐，还是那样扯着嗓子喊叫：伊伊，吃饭上班罗。是老公的声音么？声道被划了毛边哩。匆忙中吃完收拾完，临出门秦小伊才端详出了老公的异样：顶生华发了。

　　这日子怪哟！

　　秦小伊的娃娃脸惬意地沐着晨风，西行，进了单位大门。同事们诧异地看着秦小伊，有人刚想打招呼，就听了主任叫：小秦到办公室来一趟。秦小伊没想到主任的脸上布满了皱纹，眼囊也明显地凸了出来。秦小伊一本正经地汇报起工作，主任无力地摆摆手，却向秦小伊说起了家庭的事情。你说那些没良心的，我给他们扒了那么多的"分"，拼死拼活地干，临老了他们都不管我了。秦小伊知道"他们"就是主任的二婚老婆和孩子。秦小伊小心地陪着主任唏嘘一番，正想说点安慰的话，主任却又一摆手：小秦呀！你是越活越年轻啊，怎么还是三十模样呢？我认命了，谢谢你听我说了这些。忙去吧。

　　在走廊里见到了苏大姐。苏大姐轻声给秦小伊耳语：主任马上就该退了，正烦着哩。秦小伊内心一惊：主任刚知天命，咋会退呢？思忖着进了自己的科室，薛丽满面春风地迎上来：秦科长，您以后还得多支持我的工作呢。薛丽？不是刚参加工作的那个大学生吗？当副科长了？这世界变化太快了，咋就看不懂了呢？再端详薛丽，薛丽已经成为风韵四溢的成熟少妇，长短得体的时装把薛丽丰满的躯体包裹得恰到好处，青春与天真再无立足之地。薛丽说：秦科长你不知道啊，我那老公和孩子吃饭挑剔得很哩，荤素搭配、颜色搭配、酸辣搭配……哎呀，我天天伤脑筋的是给那爷儿俩当保姆。对了，中午有人请客，咱就不回去了啊，秦科长。

中午，秦小伊谢绝了几个饭局，独自在街上徜徉。熟悉的西苑大道上越加林阴蔽日，热闹的步行街不知何时又竖起了几个大卖场，顶部飘荡翻卷着大红的广告条幅和喧嚣熙攘的市声，吸引着秦小伊的脚步移去。自己是常逛街的啊，这几个大卖场竟然一次也没来过。一个熟悉的背影在秦小伊的眼前晃悠，走过去，原来是初恋时的情人。情人见到秦小伊，眼睛里燃出了火样的目光，转瞬又熄灭了。秦小伊问：你不认得我了么？情人闪烁其词：你是秦小伊的女儿？可秦小伊没有女儿呀。这时，手机里传来了几条信息：在此前的一段时间，四位老人相继仙逝。秦小伊怨恨地剜了情人一眼，转身离去。

悲伤痛苦中办完了老人们的丧事，丈夫成为一个小老头，儿子也在瞬间唇上生出了浓密的胡须，只有秦小伊依然还是一副娃娃脸，在街上，别人总以为父亲带着自己的一双儿女。欣喜中秦小伊的心被亲情的东西吞噬，如果说四位老人去世是自己应该看到的痛苦，那么将来她面对的不仅是老公逝去的痛苦，还将目睹儿子孙子的老去、逝去，还将看到一个个朋友亲人被送上邙山火葬场，自己要经历一次次死别痛苦的炼狱。

夜里躺在床上，老公咳嗽不已，浑身散发出行将就木的气息。秦小伊再次昏睡过去，又重新找回了火车穿越永无尽头的隧道的感觉。天外，好像一个声音对她说：我们给你注射了一剂青春液，你现在的一天相当于地球社会的30年，从此你可以成为跨越地球千年的人。满意吗？秦小伊急惶惶地说：不要！我不要长命，我需要和亲人在一起的每一天。

天已大亮了，老公做好了早餐，嘶哑地扯着嗓子喊叫：伊伊，吃饭上班啰。

# 磊 子

对于磊子，嗝嗝，就是石磊，这个经管班一开学许多人都是看不上他的。不说他开学第一天开始上课十分钟了，才探头探脑地从门缝里挤进来；也不说他从门缝里挤进来的是一头蓬乱炸裂着的头发，黑中有灰、灰中有黑；以及随着蓬乱的头发而进来的是一张生涩、黝黑、谦恭、好奇等神色杂陈的脸，单就随着脸挤进来的一身那种两粒扣的紧身廉价黑西装，以及抬手间那袖口上晃悠着的白色商标，就使我们哄笑起来。

讲课老师略微皱皱眉头，问：你是……磊子忙点头说：磊子。哦，不，叫石磊。

磊子坐到了全班的最后，与林青和我成为同桌。磊子欠腰还未坐下，林青也学着老师微微地皱了皱眉头，拿起书与我换了位置。磊子把羞红的脸埋进了书本里。

磊子一般很少与我们交流，即便是大家凑到一起高谈阔论，磊子也是远远地在一边倾听。不定那哪一次，磊子突然用浓重的南部山区口音插进一句：世界经济一起（体）化也会影响到政治的一起（体）化。磊子说完，然后脸红了，不安地睥睨一眼嬉笑着的我们，还有颤得花枝般的林青。

有一次，磊子使用的钢笔出不了水，就向我和林青借笔使用。我不带笔，我的录音笔就在老师的讲台上放着呢。我不顾林青的白眼，就把林青的备用笔给了磊子使用。最后磊子还林青的笔，林青轻慢地说：那笔你就用吧。一起（体）了。磊子红了脸：谢谢，谢谢哦。

我们一般是上午上课，下午自习，于是在同学们中间便兴起了聚餐，当然是轮流做东。由此，班里自动分成了三拨，可每一拨都未想到叫磊子，而磊子也不随哪一拨，下课后将书往人革书包里一塞，匆匆地骑上老二八自行车"吱吱呀呀"地走了。

　　我很轻松地学习着，未来已步入既定的轨道，所以我的任务就是把文凭混到手，把林青混到手。那个时期，我在昏天黑地地追林青。我们下午不是昏天黑地地看影碟、唱歌，就是昏天黑地逛街、泡茶馆、泡咖啡馆。不久，林青厌烦了，我也厌烦了。

　　林青慵懒地指着窗外建筑工地说：曹余，咱打个赌。你看那儿，那个背水泥的工人，你请他吃饭……。我笑笑：这不小菜一碟！求人办事请吃最难，咱不求他什么，请吃还不容易？

　　我和林青来到工地，我拉住了那个脸上罩满了泥灰只余了一双眼白的工人，他正卸下了肩背上的水泥，惊讶地看着我和林青。我说我想请你吃饭。那工人嗫嚅了一阵没有说出话，眼里的疑惑变得湿润了。我想我要成功了，我更加诚恳地望着他。那工人终于说出了话：谢谢你们！谢谢你们请我吃饭。曹余，林青，今天不行。改日我去。

　　原来是磊子。在已建起楼房框架的一间屋子里，我们看到了磊子的地铺，地铺的被子上置放着那件叠得整整齐齐的黑西装，一边是他的人造革书包、课本和窗台上燃了半截的蜡烛。磊子说，是他的父亲背石头将他背进了这个经管班，所以不能偷懒，下午打工，晚上看书做笔记。听着磊子的话，林青的脸上满是凝重。

　　毕业聚会，磊子第一次与我们一起喝酒，最后酩酊大醉。林青忧虑地问我：磊子不会有什么事吧？我说不会，咱们多陪他在这里待待吧。

　　有几年没与磊子联系了，林青也与我分了手。林青曾说，花盆里的物什能发粗长大么?! 后来，有人说在南边某地看到磊子和林青了，一副白领模样，是什么总部什么地区的什么代表。

　　这也许是我预想到的结果了，而磊子的西装袖口也再不会有商标了。MMD! 一向自以为文明的我暗自吐出了粗口。

# 如血浸淫的月牙形疤痕

秋子当初可是个好孩子哩。秋家对门的郭师傅喷着烟雾感慨地对我们说。

当初呀，秋子父亲的家教极严，你们注意到了没有？秋子额头右侧发际里有一月牙形的疤痕，那是他父亲给敲的。当时秋子的父亲正在捣鼓他那四处都响的自行车，前院住的孟达来告状，说是秋子不吭声拿了同桌亚红的旋笔刀，老师在课堂上都说了。正巧秋子放学回来刚进院，秋子父亲不由分说左手拽了秋子的胳膊，右手的起子把儿就敲在了秋子的额头上，秋子顿时血流满面。从此秋子只要触到额头上的月牙疤痕，心头就要一颤。后来，秋子独自拾到了一张五十元的人民币，额头上的月牙形疤痕就一跳一跳的。秋子把那张手感舒适的钱币抚摸了好几遍，才交给了老师。

你们是来问秋江的事吗？那在部队是个好兵呀！嘿！我当然了解呀。我们一个火车皮拉到部队，睡的上下铺，又一起转业回来，谁有个小九九那是门儿清。

那是到部队半年后，当时连队给养员将用过的邮票仔细打磨了又用，被邮局给退了回来。这事叫连长大为光火，就召开了连队军人大会讲述蚁穴与大堤的关系。会上，连长宣布秋江为给养员，哦，也就是负责到市场上给连队采买伙食的。秋江还真行，每天早出晚归与菜贩子斤斤计较，在有限的伙食费里办出了不一般的伙食。菜贩子们也服了秋江，他决不染指回扣，尽管这是当时的潜规则。也就凭了这一条，秋江被转成专业军士。有没有诱惑？有啊！转业后，秋江还眷念地说，一天的回扣至少就是一包好烟哩，十年八年的你敢算？不过摸到额头上的疤痕，想起连长掷地有声的告诫，秋江的这只手始终没敢伸出去。

哦，原来的秋局长？这个……这个……这样吧，你出门右拐过一个路口，再前行百余米有一文莱西餐厅，咱们到那儿说话。

嘿嘿，秋局长上到了这个位置，不容易啊！从哪开始变的呢？好像是当局长不久，局里进了两名大学生，其中一位叫朗的给秋局长送了一条烟，仅此而已。不拿白不拿，说到天边不就是一条烟吗？又不沾现金。而今当前眼目下，这算多大点事？当然，上面的这些想法是秋局长的夫人在枕头边说的。后来嘛，往秋局长身边围的人多了，吃饭、钓鱼、洗澡、还有卡拉什么OK……我跟着秋局长也去蒸过桑拿，秋局长精精干干的身子已经被夜生活频繁的日子给喂发福了，透过桑拿室里的水蒸气，可以看到秋局长发际里的月牙形疤痕被熏得红光发亮。这疤痕平日里被一绺头发给有意识地遮盖住了。

郎后来进步很快。郎投桃报李，再送就不是烟了，是一个活生生的女人。郎说：秋局长，有一件稀罕物请您给挑挑毛病。掀开了包间里的遮帘，秋局长看到的是一团耀眼的白色的物体，那团物体在席梦思上蠕动着，挥发出摄人心魄的磁效应。于是秋局长就仔细地给挑毛病。为了养好那稀罕物，秋局长不得不动用心思搞钱，想取而代之的副手也鼓动他整个小金库，以方便支取。嗯，你们说得不错。最后栽就栽在了这一条上，数额巨大，并且那款还是涉及民生的高压线哩。现在单位里谁批评谁呀，维持个人都来不及呢。不说别的，那些总想叫你出点洋相的人，还不加着劲培养你的错误？就像养猪一样，养肥了就该末路了。

谢谢你们来看我。老秋面对我们，被剃成短发的头上那块月牙形的疤痕红的如血浸淫。掐指算算，离开早逝的父亲和老连长掷地有声的告诫有多少年了？

多少年了？忘记了哟！

# 我叫田栀毓

　　夹河滩田村的田医生爹妈给的名字叫田栀毓，写着复杂，叫着也别扭，不够铿锵，不知是祖上哪一位有点墨水的祖爷爷给起的，改不了了。可是村里人都喜欢叫他田医生。

　　有一年，在高原当兵十几载的田崇义转业带回了一种怪病，浑身酸痛，需要喝藏酒泡雪莲才能消除病症。可是内地哪有藏酒雪莲随时供他喝呢泡呢，就寻偏方，便求到了本村田医生的名下。田医生与已是做局长的田崇义聊天，听他说那高原逸闻趣事，过后，给他一瓶泡了切片茎块的酒。泡的是何物？田医生笑笑，小人参呗。田崇义严格按要求日酌二两，不出旬日，酸痛减轻并消失了。田崇义请田医生吃了、喝了、泡了，田医生才把话挑明，啥小人参？萝卜片，做幌子的。田医生凑近了小声说，主要是红信，大热剧毒，一点点而已！田崇义听了，酒杯颤颤巍巍半天送不到嘴里。后来，田医生凭着自己的大胆，出奇招，从阎王爷那儿拽回来几个乡亲，名声大噪。就凭这，田医生泰然自若地领受着村人们的目光仰慕和话语问候。田医生富态，领袖样的背梳头，身材高高大大，走在村街上不疾不徐，自然是昂首挺胸，有时目光也平视了，对迎面走来的人很随意地回应：嗯，嗯，都吃过了？

　　田医生过去参加过县里"赤脚医生"培训，也读过几本《开宝本草》、《嘉祐补注本草》、《本草纲目》的，在村里开办了大队的医务室。田医生看病有趣，前堂坐诊，问问患者病情，然后踱到一块床单遮掩后的卧室翻看医书，照本宣科，对症下药，在方子上增增减减，减减增增，病症重的，剂量就略大些，从未出过医疗事故。

日月如驹，公社改镇，大队医务室也蜕变成了"栀毓诊所"。

那年仲夏，豆娃他小儿子腹胀如鼓，送县里大医院花钱若干也没查出病因，豆娃凄惶惶地把孩子抬回村里。有人建议叫田医生看看，豆娃有些不屑，讥诮地说，人家大医院都看不好，他田栀毓中球！说罢，豆娃稍一愣怔：田栀毓，天治愈？莫非真中？豆娃就施急慌忙地把儿子送到了"栀毓诊所"。田医生询问着病情，抚着孩子小山样的肚腹，心里却打鼓，说还是到古城的医院看看吧。豆娃是手无灯草，那还上得起大医院？就"扑通"一声给田医生给跪下了。田医生无奈，先给病人开了几副止痛的药。田医生其实也昧默了，孩子的肚腹内如果有肿瘤状况，大医院早就开刀取出了。不妨弄些泻药试试。田医生一时胆壮，随手在地里采摘了一些蘑菇做引子，将芒硝一同熬了叫孩子服下，不多久，那孩子疼得大汗淋漓呼爹喊娘满床打滚。田医生汗流如注脸色苍白，说了声我回去取药，就慌慌张张跑回家中收拾一番，脚如捣蒜般地往外乡躲。

田医生衣衫不整地跑到洛河边上，坐下喘息。夏阳聒噪的阡陌上草木葳蕤，洛河水莹莹灼灼，天色湛蓝，鹏鸟翻飞成舞，不远处一对小年轻躲在树下拥抱接吻。好美的生命图像啊！田医生目光呆滞，脚步不曾再移动半步。想起那些大医院门口打起讨要公道的白横幅，眼前晃来晃去的都是紧闭双眼惨死的恐怖面孔，自己的憨大胆与谋财害命何异?！田医生对着"哗哗"奔流的洛河叹息道：时来红信益人，运退芒硝夺命。

远处村里一片喧嚣，豆娃带了几个人奔田医生而来。田医生身如筛糠般地抖个不停，嘴里讷讷不能成句。豆娃又是一个"扑通"地跪下，连叩三个头，仰起脸时，尖尖的额头上一片灰土印记中渗出了丝丝血迹。豆娃涕泗长呼：神医呀！神医！

如此一声呼喊，田医生的脸色由苍到白，由白到润，由润到红，鼻子眼都又重新回到脸上，神态也自然起来。原来孩子痛后腹泻不止，生生地泻出了无数发硬发黑的血块。过后，孩子开始喊饿，没事了。就这么简单。

第二天，村里人照常到"栀毓诊所"看病取药，却见大门紧闭，门上一纸公告称，诊所从此停业。寻找田医生，家人说是出门旅游了。家人还告诉来者，以后不要再叫"田医生"了，就叫"田栀毓"吧，田医生出门的时候交代过的，说，我叫田栀毓！

# 关于一场骗局

事情是由一场骗局引起的。

小单位里只有 5 个人，小申与领导甲、同事乙、丙、丁关系很不错，常聚啸一处搓麻泡脚吃地摊喝啤酒。五一长假，5 人出门旅游，游山之黄山，玩水之千岛湖，最后在天堂杭州购物返程。

当然，老甲是领导，小申陪着出来尽心尽力，也有点拍马溜须的味道，为自己今后的进步打下一个良好的基础。小申在杭州人头熟，老板战友一大堆。于是在小申的安排下，一行人被每天的大小宴席款待着，又被陪着在湖光山色中猛爽了两天，还收了些许土特产，甚为惬意，行程应该是圆满的。天下没有不散的宴席。次日就要返程了，在领导老甲的建议下，小申竭力谢却了老板、战友诸朋友的热情，无论如何要自由活动半天，自行品尝下当地小吃。于是老甲们就"自由"了。

前面都是引子。

这次出行，老甲自然负总责；大乙大丙居中为"神仙"；小丁年纪最小，财务兼"腿"；小申负责对外联络。所以，小申常在逛街也在接打电话。下午逛完街，一行人回到宾馆略事休息，准备逛夜市。此刻，小申接了房间的一个电话。对方一口鸟鸣似的"浙普"女声问：你们是＊＊来的客人吧？小申答：是。对方又问：你贵姓？小申答：申。"浙普"女子热情洋溢了：就是找您申先生。我们老总今天晚上在楼外楼请你们品尝海鲜。小申问：是张总吗？对方答：对。我姓李，是张总的属下。张总有事忙，请与我联系。我的手机……如此反复对答，小申戒备的心落

实了，就向老甲汇报。老甲不愧是领导，挺了挺颇有气势的肚子地说：既然是朋友安排好了，不去不好。老乙老丙看领导发话了，皆点头称善：小吃以后再品尝，朋友盛情难却呀。小丁腿快，立马出门叫好了车。

当然，这一切都是骗局。

到了"楼外楼"，果然一窈窕曼妙的女子迎上来，热情寒暄，并将老甲们迎进到一个大包间里。"浙普"女子自称李，莺啼鸟啭地说：张总马上过来。我们张总还说了，你们想吃什么就点什么。到这里了千万不要客气……老甲气定神闲，示意老乙老丙点菜，还示意小丁出门买好烟好酒——虽是客，不还得有点客的矜持么？一切都温馨地进行着。"浙普"女子还在不停地打电话，听出来是给老总汇报的。说着说着，"浙普"女子对老甲温柔地求助：哎呀，大哥，对不起，手机没电了，用您的手机我和张总通个话。老甲不假思索就将手机给了"浙普"女子。我们继续温馨地等待着。似在不经意间，"浙普"女子从包间外转回来，又轻轻对老乙歉意地说：大哥，借用一下手机。大乙也不假思索将手机给了"浙普"女子。"浙普"女子又袅袅婷婷地出了包间。

事后老甲们才感觉自己是天底下最大的傻帽儿。

小申一机灵，拉上回来的小丁出了包间。只见"浙普"女子边打着电话边往楼梯口走。小申冲上前从"浙普"女子的手里把老乙的手机夺过来贴着耳朵一听，啥信号都没有。小丁也马上从"浙普"女子的手袋里把老甲的手机掏了出来。"浙普"女子的脸色由红到白，由白到灰，"格格噔噔"飞快地从酒店的后门逃匿了。

骗局到此结束。

一行人灰头土脸地离开酒楼，老甲说：我打眼一瞅，就感觉这女的满脸妖气。大乙说：是的，开始我就琢磨着不对劲，说好了自由活动的嘛。老丙说：我早就注意到那小子第二回借手机了。小丁说：不是我跑得快，这后果……唯有小申沮丧沉默着，一切都是他接了一个电话而起哩。

后来，老甲颇领导地用手按了按小申的肩膀，说：小申呀，别看你

甲字出头，太年轻了，还需磨炼呀。

嘿！都成了先见之明。人啊，人！此前在"冒号"面前下的工夫全白费了……小申愤愤然。而后又很阿Q地自慰：人在江湖飘，谁能不挨刀?! 早晚咱这申字也会磨成甲的……走着瞧。

# 往事钩沉三题

## 病 人

当然，提起那个年月是很艰涩的，杂味铺陈。

刚到夹河滩下乡插队，就听到一件奇事。所在的公社有一个大学生叫苗，学校停课闹革命，就从首都北京回来了，被爱才的公社书记抽调进了公社革委会，专司宣传学习。也就是说有大动静了上街刷刷标语、喊喊口号，平时组织机关干部学习，念念报纸、社论、红头文件等等。学习时，公社书记说个开场白，手有力地一挥，苗就上去念报纸。久而久之，形成惯例。苗到底在京上了几年大学，普通话纯正，不带乡味，像电台上的播音员，北京来的声音。那些带了浓郁硝烟味的语言，经过苗的诵读，竟然生出一种语言的美，听者都颇为欣赏受用。苗长的周正，鼻子是鼻子眼睛是眼睛，与他的声音一样受人欣赏受用，于是机关里有个同样年轻的女孩虹偷偷喜欢上了他，还偷偷给苗纳了密密匝匝的、彩色凤的鞋垫，织了雪白的真丝线领衬，偷偷送到了苗的宿舍。那一阵子，苗风光无限，走到哪儿都有人给他行注目礼，歇息时，有了大姑娘小媳妇扒了他的鞋看那彩凤鞋垫，探头看他的真丝领衬，学着做。公社书记也给苗说了，将来有机会入党转正，堂堂正正做一个吃商品粮的人。

苗喝了鸡血样地兴奋着，走路都是连蹦带跳，走到无人处，还不顾斯文地打侧脚。

那一天，是个普通的日子，风和日丽，特祥宁。没有大的动静，也没有大的批斗会，只有惯例的政治学习，苗照例在书记挥过手后开始念报纸。那是一篇火药味特浓的社论，中间还突然穿插了"打倒黑司令拥护红司令"的口号，苗在慷慨激昂中兴许是看到了台下虹温情脉脉的目光，兴许感觉到了脖子围着真丝领衬的温暖，思绪受到干扰，把耳熟能详的两句口号念成了"打倒红司令拥护黑司令"。此言既出，全场一片静默，蝇子振翅的"嗡嗡"声都能听到。苗不知觉，还在"是可忍孰不可忍"中被书记打断了读报。苗的脸色"唰"的一下白了，又"唰"地变黄了，汗珠"唰"地沁了出来，瘫软在地上。苗结结巴巴地解释：我……不……是故……意的……。现场变成了批斗会。最后，待苗结结巴巴做了检查认罪，公社书记说：苗不能认真对待自己的工作，造成了恶劣的政治影响，下放到公社厨房改造，以观后效。此时不能外传，不能影响了公社的大好形势。后来，人们才揣摩出，公社书记是保护他呢。

夹河滩的人敦厚，一般不惹是非，也都知道苗是口误，也就没把这事当回事，只是茶余饭后作为谈资调侃一番。苗却上心了。原本风光无限的他沦为杂作，见谁都低三下四"吭吭哧哧"地话都说不全，还总是疑心他人在后面指指戳戳，似乎要向上面告密。他自己心里也明白，自己犯了天条，前不久一个学校老师就因为说了"是药三分毒"的话而被游斗，被一些二杆子打个半死。苗精神上极为崩溃，看谁都像是准备告发他的人。使他更为崩溃的是，虹竟然把给他的彩凤鞋垫真丝领衬无限悲痛地要了回去。从此，苗成为了结巴子，常常呆在那里念叨"打……打倒……黑司……令拥、拥……护……红司……令"，看人也是直直的眼神。后来被确诊是精神分裂症。

我见到苗是在一年后。我被推荐到县里参加了"针灸培训班"，在老中医舟老师的带领下到农村为贫下中农送医送药。到了夹河滩的医疗点，苗是由他的老娘带来送诊的。苗苦瓜样的脸苍白，头发杂草般地支楞着，弓着腰，像个小老头。舟老师与他对面会诊观察，还在他眼前挥手看反应。苗眼睛直直的，突然抓起了桌子上面的报纸，愣愣看了一会儿，用纯熟的普通话畅快流利、顿挫抑扬地念了起来，神态于常人无异。我们都愣住了，呆呆地看着苗，听他念报纸。

舟老师把听诊器轻轻地放在桌子上面，又轻轻地叹了口气，说：阳盛者泻其热，阴盛者祛其寒。他是大热，幸好浸泛不久，还有治愈的希望。

最后，舟老师用了针灸捻、提、强刺激，又用了几剂草药拔火去热，半年后苗才渐渐地恢复过来，说话流利了，成为遇事稍嫌迟钝的正常人。成为正常人的苗后来不知所终，大概又回学校复课闹革命了吧。

# 对　话

他被"专政机关"拘押的时候，才三十不到，因为一句话，一句仗义执言的话。后来他才觉得，自己那个时候太年轻了，年轻气盛！搁现在，他是绝对不会那样的，也许会绕个弯子，甚至幽默地侧面地表达下情绪。

所以，他一直气闷着，憋屈着，总想早点了结自己的生命。他不想就这样囚禁在一间五六平方的小黑屋，一个人，一扇小窗。也许就是进来的三五天，甚至就是三两天，在心绪沉到了黑暗的底端时，他站在了那扇小窗前。小窗有点高，踮着脚才能看到外面，小窗外还竖着钢筋栅栏。

进来这么多天了，他第一次想到再看一眼外面的世界——身后，一条床单撕开拧成的绳子套孤零零地悬着。从小窗直接望出去，是遥远的蓝天白云，是氤氲着燥热乖戾的空气。踮起脚，可以看到几十米远的地方有幢小二楼，以及小二楼上面的一排窗口，那些窗口好像比他的窗口大，也有钢筋栅栏。仅此而已。他只知道身处北邙，印象中附近还应该有殡仪馆，每个人都要走到尽头的地方。

"绳子套"孤零零地悬在那里。

第二天，他探出头去，巡视那幢小二楼，灰色的墙壁，连栅栏也是灰色的，从左数，7个窗口，从右数，也是7个窗口。每个窗口栅栏上下竖着7根钢筋，横着3根。倏然，他隐约看到一个人头出现在窗口，左数第三个窗口，右数第五个窗口。那个人头贴近了栅栏。看上去，那个人头被栅栏钢筋分割成为长长的方形，只有脸，没有耳朵。他朝那人挥挥手，那人好像发现他了，朝着他嘴唇嚅动，说什么？听不清楚。他有些兴奋了，自己还能看到对方嚅动着的嘴！可惜，只有不到一支烟的功夫，那个人头从窗口隐去了。

第三天的那个时间，他踮起脚，伸头望出去，看蓝天、看灰色的小二楼，实际上他知道自己想看到什么。窗口又出现了被分割定型成为长方形的人脑袋。那人又发现了他，嚅动着嘴。他也试着对对方说，我进来了，因为一句话。他想，大概对方只能看到他嚅动着的嘴巴。这也足够了。可惜，也只是不到一支烟的功夫，三两句话而已。

晚上，他在揣摩对方说的什么，幻想对方因为什么也来到这个地方。他发现，漫漫黑夜，揣摩和幻想是最好的消磨时间的方式。时间，对于他来说，已经是非常富裕了。

"绳子套"依然孤零零地悬着。

每天的每天，他无暇再顾及自己的委屈，也不再想了结生命的生死大事，不到一支烟的时间，成为他丰富的生活积存。他可以反复揣摩那个人对他说的多种可能意义上的话。假设，推翻，再假设，再推翻……如此循环往复，成为他在小黑屋里的生活乐趣。

他的案件——如果可以够得上案件的话——事实非常清楚，也无需审讯核实，好像他被人遗忘了，遗忘在了这间五六平方的小黑屋。

再后来，他惊喜地发现，通过嘴唇的嚅动张合，他能够准确地破译出对方与他的话语。那一天，他"听"懂了，那个人说，静气，为人之德，为医之贤。听明白了这句话，他为自己初时的惫闷委屈汗颜。每逢大事有静气。看来自己还是年轻啊，上天给了自己这个修炼的机会，何其幸哉。

他在刚刚为自己破译了对方与他的对话而兴奋时，他终于被释放了。

临出门，他再看了一眼悬在那里的孤零零的"绳子套"。他想去看看对面的小二楼，警卫人员阻止了。他只能远远地看着角落里那幢灰色的小二楼灰色的窗口。

若干年后，他已经有了机会去探访那幢灰色小二楼里的秘密。循着秘书给予的资料，他轻车简从寻到了这城市一隅，一处处问下来，寻到一幢苏式老楼里一个门前。开门的是一位老人，盲人，很富态的脸。当问到那座灰色小二楼的状况时，老人说当年在那里待过一段时间，是作为"特嫌"进去的。时间也不算长，两三年的时间，问题搞清楚了，就出来了，继续行医，中医。他问，你还记得你对面监房经常与你对话的那个年轻人么？老人笑了，你说的我听不懂。我打小就盲，他们大概也觉得我不像特务，不大管我的。我就转着圈念叨医药偏方，这是我一辈子吃饭的家伙儿呢。

这老人真的有静气！楼外，遥远的地方依然是蓝天白云，周边氤氲着浮躁物欲的空气，他却感到被一丝丝的静气充盈。看来，自己还得继续修炼呢。

## 时代英雄——黑孬

黑孬小我一岁，却是伊河里的浪里"黑"条。黑皮脑袋往水里一沉，好半天才看到从老远的水面伸出来，咧着白琴琴的牙齿朝着我们笑。当然，叫他黑孬的确是因为他的黑，通身的黑，在河里扑腾的时候我们都看到了的。但是黑孬的黑是那种滋腻腻的黑，黑的舒服，黑的好看，按现在的话说就是"黑靓仔"了。

我初到夹河滩的千王村，一帮子的人们就围了上来，想看看城里学生的稀罕。老队长把手中牵着的大黄牛交给儿子何林，从口袋掏出烟丝袋，慢条斯理地用旧报纸卷了一支烟，点着，问我：饿不？到我家喝汤吧。我反问：今天晚上我睡什么地方？老队长吐出一口烟，等烟雾散没影了，才说：等喝完汤，再说今儿黑。人群里有人说着"今天碗上""今天锅上"嘻嘻哈哈。我看到身边一个黑亮亮的脑袋没有笑，一脸虔诚地上下打量我。

他就是黑孬，刀客庞春宏的独生儿子。

黑孬整日厮跟着我，给我说些左右邻居的长短，也说老队长的大黄牛，说那年队里的骡子惊了，直冲老队长奔去，就在牲口蹄子就要踏上老队长的时候，大黄牛斜刺里把受惊的骡子顶到一边去了，从此大黄牛处处都受到老队长的呵护。有了黑孬在我的身边，我没有了初到陌生地方的拘束感，很快知晓了村里的方方面面。当我学会了不修边幅的时候，黑孬着装整齐了许多，轻易不再敞着怀，脚上甚至穿上了袜子。当我说起了乡村俚语，黑孬则把早晚的吃饭由"喝汤"改成了早饭、晚饭，去"茅房"也说"上厕所"。毕竟黑孬初中毕业回乡，属于回乡知青的。村支书何老大的儿子何林等一群孩子看不惯，在孤立我的同时也孤立了黑孬。夏日灼灼，我和黑孬刚下伊河水，何林们嬉笑地朝我们击水，叫着"上厕所啰"就跑到另外的水域去了；秋草萋萋，我和黑孬背着割草的箩头来到村口，何林们高叫着"碗上""锅上"迅速跑到远方。

焦麦头天，老队长派我晚上到打麦场看场，黑孬也要陪我。天才擦黑，村野的炊烟在暮色中摇曳，黑孬就胳肢窝夹了黑布缝着边的苇子席来到离村一里多的打麦场。黑孬与夜色融成了一体，黑夜里我们各自躺在自己的苇子席上聊天。我在黑夜中搜寻对方两眼的灵光和牙齿的洁白，黑孬的眼睛发出精神的光线。黑孬从挎包里掏出一个黄面馍递给我，说是他娘叫给我捎的。还说，黄面馍后味可香。那时的人总是缺点吃的，没来得及品品后味，一个黄面馍就已下肚了。我说在农村苦。黑孬说夹河滩多好啊，不缺水，也不缺粮。三天两头还可以在伊河里扑腾扑腾。说起了水，我给黑孬说起了知识青年金训华的故事，说金训华奋不顾身跳入水中抢救集体财产，是时代英雄，是我们青年人的榜样。黑孬听得两眼放光，他喜欢听我说城里的事，说知青的事。

那一年，伊洛河水暴涨，浊浪拥着上游的树木滚滚而下，村里的许多人站在泥泞的岸边看着，就有青壮们跃跃欲试想下去捞点外财。洪水确实是太大了，冲刷着泥土河岸"噼唰"着没入水中，连连有人惊呼着往后退。老队长也牵了大黄牛站在岸边看。突然，大黄牛站立的位置也塌了下去，大黄牛半个身子跌入水中。岸边的老队长死死拽住老黄牛的缰绳不松，自己的身子跌咧着，缰绳被拽脱了。大黄牛很快全部没入洪水中，挣扎着向下游漂去。一干人追跑着大叫着。突然，有人跳到河里，黑的脑袋黑的身子向大黄牛游去。人们看出来了，是黑孬。

最终，黑孬和大黄牛都没能回来。黑孬的娘沿着伊河哭叫着向下游走去，神色哀戚。直到我回城，黑孬的娘还是整日抱着刊登有黑孬画像的报纸和烈士证明，神色哀戚。

# 街市人物笔记四则

门前是道街，小街，不算主干道，所以常有卖菜开店忝列其中，久而久之，成为街市。从西望去，路是直的，摆出的摊位却扭来扭去，蛇样的。有农妇卖菜的，蹲在地下，守着自己的那红的西红柿、绿的青椒黄瓜、清白的豆角一摊，眼睛瞅着熙来攘去的人流；有一家三口开了手扶拖拉机卖瓜果的，男的肃立不语，倚在盛满绿皮西瓜黄皮甜瓜的车旁只顾吸烟，车前的牌子写明了价钱，不过也是可以谈价的；也有江湖先生吆喝的，是那些用了麦克挂在耳朵边上，手里挥舞了一物什招引看客，是削皮的小刀或者是磨刀的电火，和着满市的嚣声，添点生动。从东往西看，煎包铺烧饼铺粥铺胡辣汤铺豆腐汤铺米粉米线铺，呵呵，还有牛肉汤馆羊肉汤馆，大多利用了门前的空地，将矮桌低凳摆在人行道上，过往路人三教九流或许会在这铺位前流连，喝汤吃饼随你便。卖卤肉卖豆浆是规规矩矩店内经营，顾客都是熟的了，不用吆喝就知道奔那儿去。

一街两巷，人们走来走去，主妇们也许是走了好几个来回，这个摊前看看，那个铺前问问，几多谈价，虽说不断地叹息"又涨价了"，手中方提溜满了惬意地回家转。现在有了超市，里面的东西丰富，价钱也许不贵，但是时鲜的东西还是到这街市买着方便，挑挑拣拣，尽拣那鲜货买。

我就在这市场的旁边生活工作，自然也对这几家铺子熟悉，甚至有的时候还称兄道弟的。再怎么热乎，该掏的块儿八角还是得掏，谁也不欠谁，也不落人情。其实这样最好。

## 买家的牛肉汤铺

买家，姓买，名字没问过，但是"买记"招牌高悬于门店，这是大家都知道的。

买姓人家开的牛肉汤铺腾挪了好几个地方，犹如螺旋式地上升，门店不可同日而语。不过，再怎么换地方，都不离这道街市。

当初刚进城的买姓人家当街支起了牛肉汤铺，也就是一个小铺面，十几平方，晚上两口子和两个杂作住在店里，白天"哗啦啦"地升起防盗的卷帘门，收起当庭的铺板铺盖，几张桌子长条凳布在店内，门口的一口三尺深锅冒着狼似的雾腾腾的蒸汽，熬了一夜的牛骨头汤泛着粘白的小浪花，小买——大家都是这样叫他——站在一方台阶上无论冬夏于热气腾腾的锅边上，执大勺子给人盛汤，旁边的大海碗里放好了薄如纸的牛肉片儿，碗底还铺满了碧绿的葱花儿，各类调料一一调进，仔细得如计算机设置好的程序，深勺在汤锅里一舀，徐徐倾入碗中，那牛肉片儿和葱花儿就翻滚着上下漂浮。夫妻二人各司其职。门外则搭了一顶遮阳棚，棚下也摆置了长条的矮桌矮凳，喝家也怪，还就喜欢坐在外面吃，甚至还有人端碗夹火烧蹲在外面呼呼噜噜就着街市的喧嚣把自己喝得满头冒水大汗淋漓，就这毛病。女人的桌子就在门外的遮阳棚下，收钱卖牌，还兼做切饼。杂作幸亏是小伙子，一个细气点的收碗洗碗抹桌子，细腿风似的跑得不亦乐乎，一个粗壮些的烙饼切肉切葱，薄薄如纸的牛肉片在刀下翻飞，一会儿就码起了一堆。

买家的牛肉汤一个早上卖几百碗，甚至上千碗，动作程序就在这一起一落中，枯燥的过程枯燥的应对，细想想，这也需要本事啊。拾碗擦桌，择葱打煤，日子竟也这般过来了。现在杂作雇了四五个，不过万变不离其宗，女人还是收钱卖牌，男人还是执勺盛汤。女人总是对熟客嫣然一笑，收钱找钱；男人在盛汤的起落间也总问：辣椒少点？……还是不要葱？许多顾客认准了小买这一家，无论远近就好小买家的这一口，所以买家牛肉汤铺前的路边停满了摩托车、小轿车什么的。

　　说到收入，小买总是闪烁其词，说着说着就说到了辛苦上。能有多少利，还不是点撅屁股哈腰的辛苦钱?! 你来卖50碗试试，光端那盛满汤的大海碗就够呛。不过，不说是不说，全老板们也能算出来：一碗利润几何，十碗，一百碗……大致心里也有数了。就是不算，从开初略显憔悴土气的买家女人身上也能窥点端倪，如今的女人精神年轻了许多，偶尔还穿金戴银。大多是熟客，小买和小买的女人也和顾客扯点闲话。听说房子是刚性需求，调调涨涨，是吧? 这是小买说的。股市那线这线的，看着头晕，不如咱卖汤踏实。这是小买女人柔柔的话了。想必那钱也去囤了房子或者投到股市上了。

　　小买也是场面上的人，也常被卖面条的全老板或者张老兄等邀到烧烤摊甚至饭店喝点啤酒白酒的，有时也回请，回请的地方就是自己的牛肉汤铺，切一疙瘩牛臀肉，拌个翠绿的黄瓜，或者几个松花蛋、鸡蛋。全老板就开玩笑地对小买说，兄弟呀，啥时候到饭店里喝几口? 小买的寸头下面就会浸出点汗珠子，偷觑一眼坐在门口的女人，说，内部消化内部消化。出了店铺的门，全老板就对张老兄或者是李经理说，他小买的口袋里能掏出一张大票，我全字把头割了。张老兄或者是李经理就嘻嘻笑着说，全字没头就剩工了。

## 全家的面条铺

　　这全家面条铺的老板，自然是全老板，富富态态，弥勒佛般，见人先笑后说话。人们叫他全老板，是看他富态，衣服一穿挺胸凸肚的还真有点老板的派头。

　　十年前，全老板的一家刚进城里这道街市的时候还比较寒酸，大大小小的五口人连同压面条机一起，住在一间倚楼栋一头搭建的约几平方米的临时建筑里。白天大人们忙乎着，12岁的小姑娘就带着两个阶梯般的妹妹满街市地疯跑，全老板夫妇把这街市当成了老家的村子，对这几个孩子不管不顾，吃饭的时候都一个个地回来了。饭是老三样，早上面叶，中午捞面条，晚上汤面条，一家几口端着碗顺次蹲在小屋的门前"呼呼噜噜"热火朝天地吃喝着，惹得买菜的大妈们路过这里直扭头看。亏得全老板他们勤奋，每天经手的面袋子要一卡车。男人那个时候还不叫老板，大短裤一穿，精赤着上身，一会儿压面，一会儿"突突"着摩托车给其他面点上送面，反正染的就是一个白，白的眉毛白的面庞白的服装……女人则亲自卖面，笑盈盈地对着每一位来买面的童叟，称完了面随手再抓几根放进去。

生活在不知不觉地发生着变化，进城几年后，全老板还时常给别的面点送面，不过大多数的时候是一小伙计来干了，全老板时常骑着摩托车出去联系业务，寻求一些大的客户。那间当初栖身的临时建筑已经拆除，全老板在别的地方觅得了压面车间和住室，但是这个菜市场上的面点却不舍得丢掉，老板娘和她的大女儿经营着。后来全老板是开着桑塔纳四处联系业务的，还购买了商品房，下面两个超计划生育的女孩也在城里上了学。我还间或见到全老板，仍然是那么富态，见了人还是喜欢先笑再说话，不同的是现在衣帽整齐干净了。

成为全老板的全老板还是有点郁闷和遗憾，膝下无男孩，比不得小买，喝酒的时候就哀叹一声，挣的钱够养老了。也就时常寻找一些偏方叫老婆给他熬着吃，什么绿豆熬山药，王八鳝鱼都吃过，还被一个算命的偏方给骗去了 1000 多元，终是无济于事。于是自嘲一声，命里该吃球，跑到天外头，拾块干蔓菁，一摸还是球。

我问全老板，家里的地还种么？全老板回答：那点地只能顾住吃。现在都住进了城里，就不考虑它了，租给了别人种。你们城里人会舍得干我这行么？只怕是丢不下那身份。细想想也就是，城里人能够舍下身份做这些的，恐怕是大智者哩。只可惜这样的大智者太少，宁可守着那两三百元的最低生活保障，也不愿做这些"丢身份"的事，呵呵，都是些假斯文。农民进城，也算是把城里人看透了，就那点表面溜光水滑的本事。真的把钱揣兜里的，还是俺这些农民呵。嘿嘿！不给你说了，我还得进面去。"突突突"，拜拜了哈！

## 发达的二崔

要说发得大的，还得属当初卖咸菜的二崔。也许有发得更大的，比如张老兄李经理们，人家可能是不露富，外人也就不知究竟了。

据说二崔从捣腾咸菜疙瘩起步，2000 元钱还是借大舅子哥的，初始用惨淡经营来形容也不为过。

二崔眼珠子见人忽悠悠地转，说话间不断笑着点头，不管顾客是褒是贬，好像满是赞同的意思。按老辈人的说法，眼珠子活的人，心眼儿比细筛子的眼儿还多。二崔本来个子就小，再一哈腰、再一点头，就被埋在了咸菜缸子的后面。不知怎的，二崔知道了我也是夹河滩的人，就攀上了老乡。不仅是攀上了老乡，还知道我写写画画的，发表过点东西，就一定要看看我的剪贴本。几天看完，归还我的剪贴本的封面就多包了一层类似于学生包书皮的硬面纸，后面还写了"诗"，大约就是仰慕的意思了。这是街市上我见到的最有文化的一个摊贩。

有了这点文化，二崔终究是不愿意老蹲在这里卖咸菜疙瘩的。等我再去咸菜铺子，只见了二崔的女人守摊，二崔不见了，问女人，也只是笑笑说不出所以然。又过了些时日，连这个咸菜铺子也不见了，换成了卖卤肉的张经理。

再见到二崔，已经是一年多以后了。这个时候的二崔走在街市上，不高的身材被西装裹了个严严实实，胳膊下面还加了一黑色的包包，逢谁跟谁打招呼。见到我，抓起腋下的黑包展开胳膊向我迎面扑来：老乡哥呀！你也不去看看兄弟！我被动地与他寒暄，不明就里地问：现在在哪儿高就？二崔忙不迭地从黑包里掏出了一个名片盒子，从里面祛出一张，我一看，龙门温泉洗浴中心总经理的头衔赫然在目。按说二崔的生意做大了，却没有忘记街市上的故友，挨着街发名片，有的还给一张黄澄澄的 VIP 贵宾卡，打八五折的。我和小买、全老板也收到了一张这样黄澄澄的看着很尊贵的卡。临走，二崔给我们打着招呼：我请你们吃饭，一条龙的。

二崔不忽悠。又过了大概一个星期，二崔的电话给我们一个个通知了个遍，还说要来车接我，我一听，赶快谢绝。我和小买就坐全老板的桑塔纳直奔龙门西山。

到了地方一看，才知道不是想象中的小洗澡堂子，还真的是一大片的有饭店有露天的温泉池子还有住宿的宾馆，这些都是配套的，还有就是主业的洗浴中心了。大门口有人专门候着我们，一报上我的名字，门口一个婀娜艳丽的领班带我们到饭店的一个豪华包间。领班说，崔总有点事，马上过来，不过说了不要等他，我陪你们先吃着。老总们的"马上"是个什么时间概念？那就吃吧。虽是满桌子的佳肴，领班殷勤侍奉着，这饭却吃得有些沉闷，想必小买全老板暗自对比了一番吧。马上了又马上，终于在走廊里听到了崔总打着电话的声音。进门，二崔电话没停，颐指气使，用滴溜溜转的眼睛向我们逐一示意了。屁股刚沾椅子，二崔就连连表示歉意，说刚才是一个副市长要来视察云云。

二崔端起酒杯略微表示了向我们的敬意，忆起街市的往日，随口引用了伟人的诗词"忆往昔峥嵘岁月稠"作结。我适时把我新出版的书给二崔"雅正"，二崔接起书"扑扑棱棱"翻了一遍，仍是一脸谦恭地把书放到屁股底下，说，真了不起呀，大作家。回去一定秉灯夜读。接着又把伟人的"沁园春"从头到尾吟诵了一遍，"数风流人物还看今朝"这一句听得出是用了狠力的。

杯盏往来，都有些晕晕乎乎的，刚好适合去泡澡。这一切都由二崔手下的保安领我们去，二崔和领班还得忙乎着去陪领导，就此拜拜。一溜烟，二崔不见了。


## 柳　　柳

我们都叫她柳柳，或许是姓柳，或许是名中有个柳字，抑或是她与"柳"有着某种特殊的关联——反正，集市上街坊里的人们都叫她柳柳。

柳柳终日端坐在街市一隅，面前就是一米见方的摊位，那可是个黄金地带呢！摊位上摆满了五颜六色的针头线脑，利润以分厘计。柳柳的这个摊位，虽无正式的划分，却是她的"常所用"，市场上三教九流的人都知道，街道办事处的人也都知道，所以没有人来挤占她的位置，市场办的人反而还对她免费免税，若有初次来到街市的生面孔趁早占了这块地，左邻右舍做小本生意的人就会将其劝走。也有二蛋样的生瓜蛋子逞蛮不让的，柳柳来了，就把自己的纤维包往那儿一放，佝偻着身子与其对峙。是的，佝偻着身子！二蛋样的人就得居高临下俯着头看柳柳。柳柳虽然是个佝偻半残疾人，腰弯成射箭的弓，使身子不超过一米，但是头发梳得整齐，脸上也是干净的，眼神自然透着倔强透着澄澈，就是不与你吵不与你闹。与这样的人对峙，二蛋样的人也了无情趣，丝毫没有高大雄武的感觉，要么自己另寻了地方，要么就是街道办事处的人接到信儿了跑来劝你趁坷台下驴走人。总之，柳柳的摊位是铁打的营盘。

这块地方成为柳柳的"常所用"，一般人都不知道源于何时何因，是柳柳的老公管了扒窃的闲事而血洒此地还是大领导在这里视察与柳柳说了几句话？不得而知。许多知根知底的街坊邻居大多都调走了外出了搬家了，但是人们都隐隐约约知道有人给她供货，柳柳只管摆摊即可。街坊里的人们唏嘘柳柳坎坷，频频照顾柳柳的生意，柳柳也是感恩的，针头线脑的价钱也要打个折（或者抹了零头）。这一条柳柳永远都没能实行，老主顾们把该给的钱给了，什么打折不打折的，值不了一把青菜的钱，不值当。

反正，柳柳就是这样团着身子守着她的摊位，无论春夏秋冬。常到市场的人们都知道柳柳，缺个针头线脑硬扣软攀的，说声到柳柳摊儿上去了——就啥都有了。柳柳也怪，从来不吆喝的，坐在一个小凳子上，把佝偻的身子更是紧紧地团起来，脑袋支在抱紧的膝盖上头。这样子做生意，竟然还能挣得一个月的生活，并且把一个上高中的男孩子供得圆圆满满。日子久了，慢慢地人们从她的只言片语中也觅得了她的一点过往。据说柳柳年轻的时候或者说失去丈夫之前也是亭亭玉立如杨柳般，也许就是那血色中的一声哭泣，腰再也没能直立起来；据说现在的柳柳

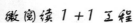

是坚决不吃低保的，把三番五次登门的街道社区干部给推了出去，嘶哑着嗓子说吃低保就能把老公吃回来么?! 柳柳的儿子倒是很少到柳柳的摊儿前帮忙摆摊收摊，柳柳说孩子的学习忙，不让他来的。

终于，柳柳的儿子到摊儿前来了。有人说那小伙子很挺拔很阳光，像他不在的父亲。柳柳的儿子来了是要说大事的。他考上了二本，南方的一所大学，学费拿不出。柳柳的儿子很焦急很无奈的样子，围着柳柳的摊儿磨圈打转。柳柳的头颈离开膝盖直起来，仰脸对着儿子小声而坚决地说，不能去找街道，咱们自己想办法，政府说不是可以贷款么?

这事儿不知怎的，传遍了整个街市，第二日就有三三两两沿街摆摊的小商贩们给柳柳捐款，票额红的绿的都有，还有许多叮叮当当的硬币。正在柳柳推辞不下的时候，那个二蛋样的男人也从街市的另一边来了，大大咧咧地把手中两张红票交到柳柳的手中，还是居高临下地俯望着柳柳粗着嗓门：还推辞啥?! 先叫孩子上学，以后的事情以后再说。说完，转身就走。无奈，柳柳只好佝偻着身子，手偷偷抹去了眼中的湿润，把脸埋在膝盖之间，认真地把一笔笔大小款项零零碎碎地记在卷了毛边的小本子上。

某一天的清晨，柳柳的摊儿空着。柳柳领着她挺拔的儿子一个个地给街市上的人们鞠躬，晨光逆打在他们的身影，暖色调的镜像中一高一矮缓缓行走在街市上，儿子的背上背着蔚蓝色的旅行包不时地上下跳跃。而后，柳柳才回到家中，拉来纤维大包，继续团在自己的摊位前，不吆喝，面对着喧嚣的人群。